CB042349

Coleção

Transgressor@s

Coleção Transgressor@s
Coordenação Heloisa Seixas e Julia Romeu

© Bazar do Tempo, 2021
Título original: *The Yellow Wallpaper and Other Stories*

Todos os direitos reservados e protegidos pela lei n. 9610, de 12.2.1998. Proibida a reprodução total ou parcial sem a expressa anuência da editora.

Este livro foi revisado segundo o Acordo Ortográfico da Língua Portuguesa de 1990, em vigor no Brasil desde 2009.

Edição Ana Cecilia Impellizieri Martins
Assistente editorial Clarice Goulart
Organização, tradução e apresentação Heloisa Seixas
Copidesque Elisa Duque
Revisão Elisabeth Lissovsky
Projeto gráfico e capa Bloco Gráfico

(CIP-BRASIL) CATALOGAÇÃO NA PUBLICAÇÃO
SINDICATO NACIONAL DOS EDITORES DE LIVROS, RJ

G398p
Gilman, Charlotte Perkins
  O papel de parede amarelo e outras histórias /
Charlotte Perkins Gilman
Seleção, tradução e apresentação: Heloisa Seixas
1ª ed., Rio de Janeiro: Bazar do Tempo, 2021

Tradução de: *The yellow wallpaper and other writings*
[Transgressor@s] 160 p.

ISBN 978-65-86719-72-7

1. Contos americanos. I. Seixas, Heloisa. II. Título. III. Série.

21-72874   CDD: 813
                 CDU: 82-34(73)

Leandra Felix da Cruz Candido, Bibliotecária, CRB-7/6135
25/08/2021 27/08/2021

Rua General Dionísio, 53, Humaitá
22271-050 – Rio de Janeiro – RJ
contato@bazardotempo.com.br
www.bazardotempo.com.br

Charlotte Perkins Gilman

O papel de parede amarelo e outras histórias

Seleção, tradução e apresentação
Heloisa Seixas

APRESENTAÇÃO
Transgressora na vida e na morte
7

Reviravolta

17

Se eu fosse um homem

35

Uma mulher honesta

47

Uma mudança

67

O coração do sr. Peebles

83

O poder da viúva

99

Herland, a Terra das Mulheres (extratos)

115

O papel de parede amarelo

127

[p. 4: Charlotte Perkins Gilman, c. 1914]

APRESENTAÇÃO

Transgressora na vida e na morte

Heloisa Seixas

Feminista de primeira hora. É como podemos definir a escritora americana Charlotte Perkins Gilman (1860--1935) que, com seu espírito revolucionário, dedicou-se à emancipação da mulher em uma época na qual essa questão era pouco levada em conta. E fez isso de várias maneiras. Escrevendo ensaios sociológicos sobre o assunto, criando histórias de ficção que procuram, principalmente, enfatizar a opressão da mulher – e, acima de tudo, vivendo. Charlotte é um caso típico de escritora que levou suas ideias para a vida real e enfrentou as consequências dessa atitude.

Nascida na cidade de Hartford, no estado americano de Connecticut, Charlotte cresceu em uma família de ideias arejadas, havendo, entre seus parentes, muitos pensadores e escritores, alguns defensores de posições rebeldes para sua época. Mas, mesmo em uma família avançada, um acontecimento foi marcante para a muito jovem Charlotte: a separação dos pais. Ela ainda era criança quando seu pai, Frederick Beecher Perkins, foi embora de casa e se mudou para São Francisco, tendo ido trabalhar na Biblioteca Pública. Embora magoada pelo abandono, Charlotte nunca condenou o pai nem brigou com ele. Ao contrário, eles trocaram correspondência ao longo da vida, e a jovem parecia nutrir por ele forte admiração, ainda que misturada ao ressentimento. Essa ambivalência explica, inclusive, a maneira como Charlotte trata alguns de seus personagens masculinos.

A separação dos pais marcou Charlotte em vários sentidos. Um exemplo é a relação dela com a mãe, que após a partida do pai, se tornou muito conturbada. Em sua introdução para uma coletânea de textos de Perkins Gilman (*The Yellow Wallpaper and Other Writings by Charlotte Perkins Gilman*, Bantam Books, 1989), Lynne Sharon Schwartz cita um trecho impressionante da autobiografia da escritora, em que ela comenta esse relacionamento. Charlotte conta que a mãe não a acariciava quando pequena e mal deixava que ela a tocasse. Um dia, muitos anos depois, a mãe explicaria sua atitude: "Eu não queria que você sofresse como eu sofri." Ou seja, a mãe parecia preparar a menina para um eventual abandono, como o que ela própria vivera. Segundo Charlotte, por causa desse temor, a mãe só a acariciava quando ela já estava adormecida. Ao descobrir isso, a menina passou a fechar os olhos e fingir dormir, à espera do carinho proibido. Como a mãe a acariciava apenas quando tinha certeza de que a filha já estava adormecida, o momento demorava a chegar, e Charlotte precisava fazer um esforço enorme para manter-se acordada. Para não dormir, espetava-se com alfinetes.

Charlotte sempre foi muito fantasiosa e criativa, tendo estudado por conta própria e frequentado pouco a escola (também por razões financeiras). Já adulta, entrou para a Escola de Design de Rhode Island, onde estava morando com a família, com o interesse de estudar arte e pintura. Essas aptidões seriam responsáveis por seu sustento durante muito tempo, quando ela trabalhou fazendo ilustrações para publicidade. Aos 21 anos, já se orgulhava de ter o próprio dinheiro e de ser capaz de se sustentar, algo que, em sua visão, era condição fundamental para a mulher lutar por seus direitos.

Charlotte se casou, em 1882, com um jovem pintor chamado Walter Stetson, e três anos depois teve uma filha, Katharine. E foi após o parto dessa filha que Charlotte sofreu uma forte depressão, situação que, ao que tudo indica, inspirou seu conto mais conhecido, "O papel de parede amarelo".

A depressão, e o sentimento que a ela se seguiu, acabaria por minar o casamento. Charlotte deixou o marido e partiu para a Califórnia, levando a filha. Lá, trabalhou dando palestras e fazendo colaborações para a imprensa, além de abrir uma pensão. São situações que serão encontradas em vários de seus escritos ficcionais, espelhando as ideias avançadas que a escritora tinha sobre o trabalho da mulher, a independência e mesmo a maternidade. Quando a filha cresceu, Charlotte, que já era conhecida como pensadora e já estava legalmente divorciada, mandou a jovem ir viver com o pai. Foi duramente criticada por isso por toda a sua vida.

Em 1900, Charlotte casou-se pela segunda vez com um primo, G. Houghton Gilman, o qual lhe daria o sobrenome que ficaria conhecido na posteridade e com quem permaneceria casada pelos trinta anos seguintes. No entanto, seus surtos de depressão nunca cessaram.

Se Charlotte Perkins Gilman sempre quis ter voz ativa sobre o próprio destino, pode-se dizer que foi coerente até o fim. Ela morreu como viveu, transgredindo regras. Em 1932, foi diagnosticada com câncer de mama, doença que, na época, era considerada como uma sentença de morte. Três anos depois, em 1935, ao perceber que sua saúde declinava ao ponto de já não ter condições de trabalhar, pôs fim à própria vida.

UMA FICÇÃO RARA – E MARCANTE

Charlotte Perkins Gilman teve livros traduzidos para dezenas de línguas e é reconhecida como uma pensadora feminista, tendo lutado por causas socialistas, apoiado movimentos trabalhistas e batalhado pelo direito das mulheres ao voto. Ela não se considerava como uma escritora de ficção, mas como uma socióloga, antropóloga e filósofa. Escreveu muitas obras marcantes, principalmente ensaios, e sempre sobre a condição da mulher. Isso inclui, entre outros escritos, *A mulher e a economia: um estudo da relação econômica entre homens e mulheres*, de 1898; *Sobre crianças* (de 1900); *O lar: seu trabalho e influência* (de 1902); *O trabalho humano* (de 1904); e *O mundo feito pelo homem: nossa cultura androcêntrica*, publicado em 1911.

Charlotte escreveu alguns volumes de poesia, além de novelas e contos, em geral como colaboração para revistas. Mas é justamente sua ficção – menos conhecida – o foco deste livro que apresentamos. Sete de seus contos foram selecionados para este volume, inclusive o mais famoso de todos, "O papel de parede amarelo". Apresentamos também alguns extratos de sua novela mais famosa, *Herland, a Terra das Mulheres* (de 1915), cujo título já diz tudo: nela, Perkins Gilman imagina um mundo sem homens. Entre os trechos escolhidos de *Herland*, o primeiro explica como surgiu esse estranho país, e os demais – narrados por um homem, personagem prisioneiro em *Herland* – fazem uma análise do que é a maternidade e a educação das crianças nessa terra. Charlotte Perkins Gilman parece ter-se aproveitado da ficção para explorar suas próprias ideias sobre tais assuntos, já que encarava como um fardo para a mulher a obrigatoriedade de ser mãe e cuidar dos filhos.

Também em seus contos, Charlotte Perkins Gilman expõe sempre uma defesa apaixonada de suas ideias. Considerando-se que esses textos curtos eram publicados na imprensa – e, portanto, para um público amplo –, há propostas e soluções corajosas ali. Tais escritos são mais propriamente parábolas, mas tendo sempre algo de revolucionário, na medida em que propõem soluções inventivas para o dia a dia.

O conto "Se eu fosse um homem" é um exercício de fantasia muito interessante, principalmente se levarmos em conta que ele foi escrito por uma mulher do século XIX. Nesse texto, a autora é bastante sarcástica, quase cínica às vezes, em sua análise do que se passa na mente de um homem e de uma mulher, revelando também muito humor. Clima bem diferente daquele que encontramos em "Reviravolta", "Uma mulher honesta" e "Uma mudança", escritos mais dramáticos. Os três tocam na questão do trabalho feminino, um tabu para a época da publicação, principalmente para as mulheres de classes mais abastadas. Enquanto "O poder da viúva" trata da relação entre pais e filhos já adultos, "O coração do sr. Peebles" é um texto bem curioso, já que o protagonista, pessoa que vive acuada e submetida às obrigações da vida e ao desejo dos outros, não é uma mulher, mas um homem. Nesse conto, Charlotte Perkins Gilman aproveita para demonstrar seu desprezo pelas mulheres dependentes e que viviam "penduradas" nos maridos. A autora, que desde jovem trabalhou para ganhar o próprio dinheiro, não admitia a ideia de ser sustentada por um homem.

Em alguns casos, os personagens podem parecer um tanto caricaturais – há um maniqueísmo evidente na exposição de alguns "vilões" –, mas isso não importa: nesses contos-fábulas de Charlotte Perkins Gilman, passamos a torcer pelos personagens, sendo homens ou mulheres, que estão lutando por justiça, independência e realização, enfrentando, assim, a sociedade opressora de sua época.

E uma das razões para essa torcida é, sem dúvida, porque imaginamos a identificação entre a autora e seus personagens, sabendo que a própria Charlotte enfrentou muitos percalços por suas ideias transgressoras. É essa mesma proximidade com a autobiografia que faz aumentar ainda mais a força do conto que dá título ao livro: "O papel de parede amarelo".

Esse texto é – vejam que surpreendente – um tremendo conto de terror. Trata-se de um relato apavorante, aparentemente inspirado na experiência da própria autora durante o período em que sofreu com a depressão pós-parto. A partir de poucos elementos – uma mulher adoentada, dentro de um quarto forrado com um papel de parede gasto –, Perkins Gilman tece uma história assombrosa, que se tornou um clássico e que tem sido incluída em muitas coletâneas reunindo as melhores histórias de terror em língua inglesa. Hoje ele também é considerado um expoente da literatura feminista, por narrar o processo de adoecimento mental de uma mulher, a partir do comportamento dominador de seu marido e dos mecanismos de uma sociedade opressora, que convence as mulheres sobre as suas fragilidades e limitações.

"O papel de parede amarelo" foi publicado pela primeira vez em 1892, na *The New England Magazine*, e chocou muitos leitores; mas ajudou a estabelecer o prestígio de Perkins Gilman como escritora. Quem lê, entende o porquê.

Ao montarmos esta seleção dos contos de Charlotte Perkins Gilman, deixamos que "O papel de parede amarelo" fechasse o livro, por acreditar que o melhor vem no fim.

O papel de parede amarelo
e outras histórias

Reviravolta

Em seu quarto de tapetes macios, pesadas cortinas e rico mobiliário, a sra. Marroner jazia, soluçando, sobre a cama larga e macia. Soluçava amargamente, aos arrancos, em desespero. Seus ombros encurvados eram sacudidos por convulsões. As mãos estavam crispadas. Ela não pensava no vestido alinhado nem na colcha ainda mais elaborada que recobria a cama. Esquecera-se também da própria dignidade, do autocontrole, do orgulho. Em sua mente, o que havia era um horror avassalador e inacreditável, uma perda incomensurável, turbulenta e confusa massa de emoções.

Com sua criação reservada, superior, no seio da sociedade de Boston, ela jamais teria imaginado ser possível sentir tantas coisas ao mesmo tempo e com tão esmagadora intensidade.

Tentou esfriar os sentimentos, através da razão. Tentou reduzi-los a palavras. Tentou controlar-se – mas não conseguiu. Comparava vagamente o que sentia ao terrível momento vivido entre as ondas da praia de York em certo verão de sua meninice, quando, após um mergulho, não conseguia voltar à superfície.

*

No sótão, em seu quartinho parcamente mobiliado, sem cortinas ou tapetes, Gerta Petersen também soluçava, estendida na cama estreita e dura.

Ela era de compleição maior que a patroa, com uma estrutura forte e graúda. Mas todo o orgulho de sua jovem feminilidade estava agora destruído, convulso em agonia, dissolvido em lágrimas. Ela não tentava consolar a si mesma. Ela chorava por dois.

*

Se a sra. Marroner sofria mais por causa de um velho amor – talvez um amor profundo – agora destroçado, em ruínas; se seu gosto era mais refinado, seus ideais elevados; se ela sentia a dor amarga do ciúme e do orgulho ferido, Gerta, por sua vez, via-se diante da vergonha pessoal, de um futuro sem esperança e de um presente que se agigantava, enchendo-a de um vago terror.

Ela chegara mansa àquele lar perfeitamente ordenado, uma jovem deusa, cheia de força, beleza, boa vontade e disposição para obedecer, ainda que infantil e ignorante – uma menina de dezoito anos.

O sr. Marroner a admirara de verdade, assim como a esposa. E comentaram sobre suas visíveis qualidades, assim como sobre suas óbvias limitações, com a confiança mútua de que sempre desfrutaram. A sra. Marroner não era uma mulher ciumenta. Nunca sentira ciúmes na vida – até agora.

Gerta ficara com eles e aprendera com suas maneiras. Os dois se afeiçoaram a ela. Até mesmo a cozinheira gostava dela. Ela era o que se define como uma pessoa "aberta", maleável e fácil de ensinar. E a sra. Marroner, sempre acostumada a instruir, tentara educá-la de alguma forma.

"Nunca vi ninguém tão dócil", costumava comentar. "Isso, em uma empregada, é a perfeição, mas também é quase um defeito de caráter. Ela parece tão confiante e tão indefesa."

É o que ela era: uma criança grande, de faces rosadas. Forte feminilidade por fora, infantilidade frágil por dentro. Suas ricas tranças de um ouro claro, seus olhos cinzentos e graves, os ombros largos e as pernas compridas, firmes, faziam pensar em uma deusa primitiva. Mas ela era apenas uma menina ignorante, com a fraqueza típica de uma criança.

Quando o sr. Marroner precisou viajar para o exterior com a firma, contrariado, detestando ter de se afastar da esposa, disse que se sentia reconfortado em saber que a sra. Marroner ficava em companhia de Gerta, e que esta tomaria conta dela.

"Seja boa para sua patroa, Gerta", foi o que ele disse para a garota naquele último café da manhã. "Vou deixá-la em suas mãos, para que tome conta dela. Estarei de volta dentro de, no máximo, um mês."

Virou-se, então, para a mulher e disse: "E você tem de tomar conta de Gerta também. Espero que, ao voltar, você já a tenha deixado pronta para entrar na universidade."

Isso fora sete meses antes. Os negócios o tinham retido por semanas e mais semanas, meses e meses. Ele sempre escrevia para a mulher longas e apaixonadas cartas, lamentando o adiamento da volta, explicando o quão necessária e lucrativa era a viagem e elogiando-a por suas amplas iniciativas, por ter uma mente tão bem formada e equilibrada e por ter tantos interesses.

"Se eu desaparecesse por completo de sua vida, por um desses 'atos divinos' mencionados nas passagens, acho que não seria uma ruína completa", escreveu. "E isso me reconforta. Sua vida é tão rica e ampla que nenhuma perda, mesmo uma perda imensa, seria capaz de destruir você. Mas nada disso vai acontecer, e estarei de volta dentro de três semanas – se tudo der certo. E você vai estar tão bonita, com aquela luz de ansiedade nos olhos e o rubor mutante que conheço tão bem – e que amo tanto! Minha querida esposa! Vamos ter uma nova lua de mel. Outras luas surgem todos os meses, por que não serem as do tipo mais doce?"

Ele sempre perguntava "pela pequena Gerta", às vezes mandando dentro da carta um cartão-postal de paisagem para ela, e brincava com os esforços da sra. Marroner para educar "a criança", o que considerava tão carinhoso, gentil e sábio...

Tudo isso se passava na mente da sra. Marroner enquanto ela estava ali jogada, uma das mãos torcendo e amassando a borda da bela coberta de linho bordado, a outra segurando o lencinho ensopado.

Ela tentara ensinar a Gerta e se afeiçoara à garota de natureza doce e paciente, ainda que obtusa. Com os trabalhos manuais ela era esperta e, apesar de não muito rápida, apresentava progressos, semana a semana. Mas, para uma mulher que tinha PhD, e que fizera seus estudos em uma universidade, aquilo era como cuidar de um bebê.

Talvez pelo fato de não ter tido filhos, a sra. Marroner amou ainda mais aquela criança grande, embora entre elas houvesse uma diferença de apenas quinze anos.

Claro que a garota a encarava como uma pessoa muito mais velha. E seu jovem coração se enchia de amabilidade e gratidão pela paciência com que era tratada, fazendo com que se sentisse à vontade nesse terreno tão novo para ela.

Eis que a sra. Marroner percebera uma sombra no rosto claro da menina. Ela parecia nervosa, ansiosa, preocupada. Quando a campainha tocava, Gerta se assustava e corria para a porta. Seu riso franco já não era ouvido no portão, enquanto conversava com o vendedor, que a admirava.

A sra. Marroner tentara ensinar a menina a ser mais reservada com os homens, e pensava, com satisfação, que seus esforços estivessem finalmente surtindo efeito. Suspeitava também que a menina estivesse com saudades de casa, o que ela negava. Chegou a pensar que Gerta estivesse doente, o que também foi negado. Até que, finalmente, a sra. Marroner suspeitou de algo que não poderia ser negado.

Por um longo período, ela se recusou a crer e esperou. Por fim, foi obrigada a acreditar, mas controlou-se, obrigando-se a ser paciente e compreensiva. "Pobrezinha", pensou. "Ela está aqui, longe da mãe. E é tão bobinha e maleável. Não posso ser severa demais com ela." E, usando palavras sábias e gentis, tentou ganhar a confiança da menina.

Gerta se atirara a seus pés e implorara, aos soluços, que a sra. Marroner não a mandasse embora. Não admitiu nada, não explicou nada, mas, em um frenesi, prometeu à sra. Marroner que continuaria trabalhando para ela até morrer, se a patroa concordasse em mantê-la.

Refletindo com cuidado sobre a questão, a sra. Marroner decidiu ficar com a moça, pelo menos por enquanto. Tentou, assim, reprimir o que sentia como ingratidão daquela que tanto tentara ajudar; também procurou conter a raiva, permeada de frieza e desprezo, que sempre nutrira diante desse tipo de fraqueza.

"O que é preciso fazer agora", disse a si mesma, "é garantir que ela atravesse esse momento em segurança. A vida da criança não pode sofrer mais do que é inevitável. Falarei com a dra. Bleet sobre isso – e que conforto é ter uma médica mulher! Vou amparar a pobre mocinha tola, até que tudo esteja terminado. E, então, darei um jeito de mandá-la de volta para a Suécia com o bebê. É estranho como eles vêm quando não são queridos, e não vêm quando são..." E a sra. Marroner, sentada sozinha naquela casa bonita e silenciosa, quase chegava a invejar Gerta.

E então veio o dilúvio.

Era de noitinha e a sra. Marroner tinha mandado a garota dar uma volta para tomar ar, coisa de que ela precisava. Chegara o correio de fim de tarde. A própria sra. Marroner pegou as cartas. Uma era para ela – carta do marido. Ela reconhecia o carimbo, o selo, a caligrafia. E, na penumbra do hall, ela a beijou, instintivamente. Ninguém poderia imaginar que a sra. Marroner ainda beijava as cartas do marido – mas ela fazia isso, sempre.

E ela olhou as outras cartas. Uma era para Gerta, e não vinha da Suécia. Era uma carta muito parecida com a dela própria. Achou isso meio estranho, mas o sr. Marroner já tinha mandado muitas mensagens e postais para a garota. Então, deixou a carta na mesa do hall e levou a sua para o quarto.

"Minha pobre criança", começava. Que carta dela, da sra. Marroner, tinha sido triste a ponto de suscitar esses dizeres?

"Estou muito preocupado com a notícia que você me deu." Que notícia ela escrevera, capaz de deixá-lo preocupado? "Você precisa aguentar firme, mocinha. Em breve estarei de volta e, claro, vou cuidar de você. Espero que não haja uma necessidade premente – você não explicou. Mas aqui vai um dinheiro, caso você precise. Espero estar de volta dentro de no máximo um mês. Se você precisar ir embora, não esqueça de deixar o endereço no meu escritório. Ânimo! Seja corajosa. Eu vou tomar conta de você."

A carta era escrita à máquina, o que não era incomum. Não estava assinada, isto, sim, era estranho. Dentro dela, havia uma nota de cinquenta dólares americanos. Não se parecia nem um pouco com qualquer outra carta que ela tivesse recebido do marido na vida, nem com uma carta escrita por ele. Mas ela se sentiu assolar por um sentimento estranho, gelado, como uma enchente que estivesse tomando a casa.

Recusou-se terminantemente a aceitar as ideias que começavam a se formar e pressionar sua mente, de fora para dentro, querendo entrar. Mas, sob a pressão desses pensamentos que repudiava, foi até o andar de baixo e pegou a outra carta – a carta endereçada a Gerta. Deixou-as lado a lado sobre o espaço escuro da mesa. Em seguida, foi até o piano e se sentou para tocar, recusando-se a pensar, até que a garota voltou da rua. Quando ela entrou, a sra. Marroner se levantou, com toda a calma, caminhou até a mesa. "Tem uma carta para você", disse.

A garota deu um passo à frente, ansiosa, e viu as duas cartas juntas. Hesitou, e olhou para a patroa.

"Pegue a sua, Gerta. E abra", disse a sra. Marroner.

A moça olhou para ela com uma expressão assustada.

"Quero que você leia a carta. Aqui", disse a sra. Marroner.

"Mas... madame, eu... Ah, por favor, não me obrigue!"

"Por que não?"

Não parecia haver qualquer razão, e Gerta ficou ainda mais vermelha. Abriu a carta. Era uma longa missiva. Sem dúvida a deixava intrigada. Começava assim: "Minha querida esposa." Ela leu devagar.

"Tem certeza de que essa é a sua carta", perguntou a sra. Marroner. "Será que a sua não é esta aqui... e essa aí é a minha?"

E a sra. Marroner estendeu a carta para a garota.

"Foi um engano", disse, com uma quietude fria. Tinha perdido toda a conduta social, todo o senso do que era apropriado falar. Aquilo não era a vida real. Era um pesadelo.

"Você não está vendo? A sua carta foi posta no meu envelope e a minha no seu. Agora nós estamos entendendo."

Mas a pobre Gerta não possuía antecâmaras na mente, nem forças treinadas para preservar a ordem no instante em que a agonia penetrasse. A coisa desceu sobre ela de forma incontornável, esmagadora. Diante do ódio que esperava, a moça acovardou-se. E a ira surgiu, vinda de algum recanto obscuro, sendo atirada sobre ela como uma pálida chama.

"Vá agora mesmo arrumar a mala", disse a Sra. Marroner. "Você vai deixar esta casa hoje à noite. Aqui tem seu dinheiro."

Apresentou a nota de cinquenta dólares. Junto com ela, o salário de um mês. Não tinha nem sombra de piedade por aquele olhar angustiado, por aquelas lágrimas que pingavam no chão.

"Vá para o seu quarto agora e arrume a mala", disse. E Gerta, sempre obediente, foi.

E então a sra. Marroner foi para o dela, onde ficou por um tempo incontável, atirada de bruços sobre a cama.

Mas o treinamento de vinte e oito anos que se tinham passado antes de seu casamento; a vida na universidade, como estudante, e também como professora; o crescimento independente que tivera, tudo isso compunha uma base para seu sofrimento, que era muito diverso daquilo que Gerta sentia.

Depois de um tempo, a sra. Marroner se ergueu. Preparou para si um banho quente, depois tomou uma chuveirada fria, esfregando-se com vigor. "Agora já posso pensar", disse.

Em primeiro lugar, arrependeu-se da frase banindo a moça de forma instantânea. Subiu e foi ver se a ordem fora cumprida. Pobre Gerta! A tormenta de sua agonia a deixara esgotada como se fosse uma criança, e lá estava ela, adormecida sobre a fronha ensopada, os lábios ainda tremendo, o corpo sacudido de quando em quando por um soluço profundo.

A sra. Marroner ficou de pé, observando-a, e enquanto o fazia pensou na doçura desamparada daquele rosto; no caráter ainda não formado e indefeso; na docilidade, no hábito de obedecer que a tornavam tão atraente – e tão facilmente uma vítima. Pensou também na força imensa que se abatera sobre a moça; no grande processo que agora se operava através dela; e em como lamentável e inútil parecia ser qualquer resistência que ela pudesse ter tido.

Com suavidade, a sra. Marroner voltou para seu próprio quarto. Acendeu o fogo e se sentou diante dele, agora ignorando os próprios sentimentos, assim como antes fizera com os pensamentos.

Aqui estavam duas mulheres e um homem. Uma mulher era a esposa: apaixonada, confiante, afetuosa. A outra era uma criada: apaixonada, confiante, afetuosa – uma jovem, vivendo longe de casa, dependente; agradecida por qualquer gentileza; sem treinamento ou educação; e infantil. Claro que ela deveria ter resistido à tentação, mas a sra. Marroner era experiente o suficiente para saber como a tentação é difícil de resistir quando vem mascarada em forma de amizade e parte de uma fonte insuspeita.

Gerta teria feito melhor resistindo aos avanços do rapaz da quitanda; na verdade, ela o fizera, graças aos conselhos da sra. Marroner, e resistira a vários. Mas quando respeito era devido, como ela poderia criticar?

Quando obediência era devida, como ela poderia recusar – ainda mais se cega pela ignorância – até que fosse tarde demais?

À medida que a sra. Marroner, como mulher mais velha e mais sábia, se obrigava a compreender e esquadrinhar o mau passo dado pela garota, assim como seu futuro arruinado, ela viu um novo sentimento surgir em seu coração, algo forte, claro e dominante: a sensação de uma condenação desmedida contra o homem que fizera aquilo. Ele sabia. Ele entendia. Ele podia muito bem prever e medir as consequências de seu ato e se valeu até o fim da inocência, da ignorância, da afeição agradecida, da habitual docilidade, tirando vantagem de tudo, de forma deliberada.

A sra. Marroner alçou-se aos píncaros gelados da percepção intelectual, algo muito diverso das horas de dor desesperada que vivera. Seu marido agira sob o mesmo teto em que ela – sua mulher – vivia. Ele não amara de verdade aquela jovem, não rompera com a esposa, para se casar de novo. Isso a teria deixado de coração partido, mas só. O que acontecera fora outra coisa.

Aquela carta, aquela maldita, fria, cuidadosamente escondida e não assinada carta, e a nota de dinheiro – algo bem mais seguro que um cheque – eram coisas que não falavam de afeição. Alguns homens são capazes de amar duas mulheres ao mesmo tempo. Mas isso não era amor.

O senso de ultraje e autocomiseração que a Sra. Marroner sentia por si mesma, a esposa, agora, de repente, transformava-se em uma percepção de ultraje e pena da jovem. Toda aquela beleza esplêndida, limpa, a esperança de uma vida feliz, incluindo casamento e maternidade, e mesmo uma independência honrada – nada disso tinha qualquer significado para aquele homem. Em prol apenas do prazer, ele escolhera roubá-la das melhores alegrias de sua vida.

Ele iria "tomar conta" dela, dizia a carta. Como? Na qualidade de quê?

E então, sobrepondo-se aos sentimentos por ela própria, a esposa, e por Gerta, a vítima, uma nova sensação a inundou, fazendo-a, literalmente, erguer-se. Ela se levantou e saiu, de cabeça erguida. "Esse foi o pecado do homem contra a mulher", disse. "A ofensa feita foi contra a feminilidade. A maternidade. Contra... a criança."

Ela parou.

A criança. O filho dele. Ele sacrificara isso também, sacrificara e ferira – lançando-a à degradação.

A sra. Marroner pertencia a uma forte estirpe da Nova Inglaterra. Não era calvinista, tampouco unitarista, mas a força do calvinismo estava em seu espírito: daquela fé melancólica segundo a qual a maioria das pessoas tinha de sofrer "pela glória de Deus".

Ela era o resultado de gerações de ancestrais, que tanto pregavam quanto praticavam. Pessoas cujas vidas tinham sido fortemente moldadas pelos mais altos momentos de convicção religiosa. Afastando as explosões de sentimento, elas tinham obtido "convicção", passando depois a viver e a morrer segundo esses mesmos preceitos.

Quando, algumas semanas depois, o sr. Marroner voltou, tendo mandado as cartas tarde demais para esperar alguma resposta, ele chegou ao porto e não encontrou a mulher. E, embora tivesse mandado um telegrama, deu com a casa vazia e escura. Entrou, usando a chave, e subiu devagar as escadas, para fazer uma surpresa à esposa.

Mas não havia esposa alguma.

Tocou a campainha. Mas nenhuma criada apareceu.

Ele foi acendendo as luzes, uma a uma, e vasculhou a casa de cima a baixo. Completamente vazia. A cozinha apresentava um aspecto nu, limpo, hostil. Ele saiu de lá e tornou a subir as escadas, devagar, sentindo-se confuso. A casa toda estava limpa, na mais perfeita ordem, mas inteiramente vazia.

De uma coisa ele tinha absoluta certeza: ela sabia.

Mas será que podia ter certeza disso? Não ia admitir coisas demais. Talvez ela tivesse ficado doente. Ou morrido. Ele se pôs de pé. Não, alguém teria mandado um telegrama. Sentou-se, outra vez.

Para uma tal mudança, se ela quisesse que ele soubesse, teria escrito. Talvez ela o tenha feito e ele, ao voltar de forma repentina, tenha deixado de receber a carta. Esse pensamento lhe deu algum conforto. Deve ter sido isso. Ele se virou para o telefone e, mais uma vez, hesitou. Se ela descobriu tudo – e se, por isso, foi embora, de uma vez por todas, sem nem uma palavra – como ele ia anunciar isso para os amigos e a família?

Andou de um lado para outro. Procurou por toda parte por uma carta, alguma explicação. Por várias vezes foi em direção ao telefone, mas sempre acabava parando. Não teria coragem de perguntar: "Você sabe onde minha mulher está?"

Os cômodos arrumados, bonitos, lhe lembravam dela, de forma incontornável, anestesiante – como o leve sorriso na face de um morto. Ele apagou as luzes, mas não pôde suportar a escuridão e tornou a acendê-las.

Foi uma longa noite...

De manhã foi cedo para o escritório. Na correspondência acumulada não encontrou nenhuma carta dela. Ninguém parecia saber de nada de anormal. Um amigo perguntou por sua esposa. "Imagino que ela ficou feliz em vê-lo." E ele respondeu de forma evasiva.

Às 11h, um senhor o procurou: John Hill, o advogado dela. Era primo dela também. O sr. Marroner nunca tinha gostado dele. E agora gostava menos ainda, porque o sr. Hill se limitou a entregar uma carta, dizendo: "Foime requisitado que lhe entregasse isso pessoalmente." E saiu, agindo como alguém que se apresentou para exterminar alguma coisa ofensiva.

"Fui embora. Vou cuidar de Gerta. Adeus. Marion."

E isso era tudo. Não havia data nem endereço nem carimbo, nada.

Em sua ansiedade e aflição, ele quase se esquecera de Gerta e de tudo o mais. Aquele nome despertou raiva nele. Fora ela que se intrometera entre ele e a mulher. Fora ela quem arrancara Marion dele. Foi como sentiu.

A princípio, não disse nada, não fez nada, continuou vivendo sozinho na casa, fazendo as refeições aqui e ali. Quando as pessoas lhe perguntavam pela mulher, ele respondia que ela estava viajando, por questões de saúde. Não queria que a coisa acabasse nos jornais. E então, à medida que o tempo foi passando, e nada se esclareceu, o sr. Marroner resolveu que não iria mais aguentar aquilo e contratou detetives. Os agentes reclamaram por não terem sido chamados antes, mas, ainda assim, saíram em campo, sob o mais estrito segredo.

O que para o sr. Marroner fora um muro branco de mistério não pareceu ser o menor obstáculo para os detetives. Eles fizeram cuidadosas investigações sobre o "passado" dela, descobriram onde ela estudou, onde ensinou e sobre o quê. Constataram que tinha algum dinheiro próprio, que a médica encarregada era a dra. L. Bleet e muitos outros fragmentos de informação.

Depois de um longo e prolongado trabalho, finalmente foram contar para ele que ela voltara a ensinar, assessorando um de seus antigos professores, que estava vivendo muito bem e que aparentemente alugava quartos em casa. E lhe deram o nome da cidade, da rua e o número da casa, como se fosse a coisa mais fácil do mundo.

Ele voltara de viagem no início da primavera. Já era outono quando a encontrou.

Era uma pacata cidade universitária nas montanhas, uma rua larga e arborizada, uma boa casa com seu próprio gramado, cercada de árvores e flores. Ele tinha o endereço nas mãos, e lá estava o número no portão branco. Entrou pela aleia de pedrinhas e tocou a campainha. Uma criada mais velha abriu a porta.

"É aqui que mora a sra. Marroner?"

"Não, senhor".

"Aqui não é o número 28?"

"É, sim, senhor".

"E quem é que mora aqui?"

"A srta. Wheeling, senhor".

Ah! O nome de solteira. Tinham-lhe dito, mas ele se esquecera.

Ele entrou. "Eu gostaria de vê-la", disse.

A criada o levou à sala de visitas, um lugar fresco e doce, com cheiro de flor, as flores que ela mais amava. Isso quase o fez chorar. Pensou em todos os anos felizes que passaram juntos. O começo maravilhoso, os dias de forte desejo, quando ela ainda não lhe pertencia. A beleza profunda e calma do amor dela.

Claro que ela o perdoaria – precisava fazê-lo. Ele se humilharia. Falaria a ela de seu remorso, que era verdadeiro, e de sua absoluta determinação em se tornar um homem diferente.

Através da porta larga, surgiram duas mulheres. Uma delas era uma jovem Madona, levando um bebê nos braços.

E Marion – calma, firme, definitivamente impessoal – só deixava entrever a tensão que sentia através de uma leve palidez.

Gerta, com o bebê à frente como uma salvaguarda e trazendo no rosto uma nova sagacidade, tinha os olhos azuis, adoráveis, fixos em sua amiga – não nele.

Ele olhou de uma para a outra, estupidamente.

E a mulher que fora sua esposa perguntou, composta:

"O que você tem a nos dizer?"

Se eu fosse um homem

"Se eu fosse um homem..." Isso era o que a bonitinha Mollie Mathewson sempre dizia quando Gerald se recusava a fazer o que ela queria – algo raro.

E era o que ela dizia nessa manhã clara, martelando no chão seu chinelo de salto, só por ele ter criado caso por causa de uma conta, aquela extensa, com a anotação de "conta entregue", que da primeira vez ela esquecera de mostrar, e da segunda tivera medo de fazê-lo – e que agora ele próprio pegara da mão do entregador do correio.

Mollie era "fiel ao tipo". Era um belo exemplo daquilo que reverencialmente é chamado de "uma mulher de verdade". Baixinha, claro – nenhuma mulher de verdade pode ser alta. Bonita, claro – nenhuma mulher de verdade tem o direito de ser feia. Incisiva, caprichosa, charmosa, inconstante, devotada a roupas bonitas e sempre "usando-as bem", como diz a frase esotérica. (Esta não se refere às roupas – porque elas não vestem bem, de jeito algum –, mas a uma forma graciosa de usá-las e desfilar com elas, o que é dado a poucas, parece.)

Era também uma esposa apaixonada e mãe devotada, e, possuindo "traquejo social" e o amor à sociedade que isso implica, ainda assim gostava e se sentia orgulhosa do próprio lar, administrando-o com tanta capacidade quanto – bem, quanto qualquer mulher.

Se algum dia existiu uma mulher de verdade, essa mulher era Mollie Mathewson. E, ainda assim, ela desejava de corpo e alma ser homem.

E de repente era!

Ela era Gerald, andando pela calçada todo ereto, com seus ombros largos, na pressa para pegar o trem matinal, como fazia sempre, e, é preciso confessar, bastante irritado.

As próprias palavras dela estavam ainda ressoando em seus ouvidos – não apenas "a última palavra", mas várias que tinha dito antes, enquanto trancava os lábios com força, para não dizer algo do qual depois se arrependesse. Mas, em vez de concordar com a posição daquela figurinha na varanda, o que ela sentia agora era uma espécie de orgulho superior, como a simpatia que se sente para com os fracos, um sentimento de "Eu preciso ser gentil com ela", apesar da irritação.

Um homem! Um homem de verdade – restando apenas suficiente memória subconsciente dela própria, de forma a reconhecer as diferenças.

No início, ela teve uma estranha sensação de tamanho e peso e consistência extra, pés e mãos parecendo estranhamente grandes, suas pernas longas, retas e livres caminhando em um passo que a fazia sentir-se como se estivesse sobre pernas de pau.

Isso logo passou e, em seu lugar, veio um sentimento novo e delicioso, que foi crescendo ao longo do dia, aonde quer que ela fosse: o sentimento que era o de ter *o tamanho certo*.

Agora tudo se enquadrava. Suas costas encaixadas no encosto, seus pés pousados confortavelmente no assoalho. Seus pés? Seus pés! Observou-os, com atenção. Nunca antes, desde que estava na escola, tinha sentido tal sensação de conforto e liberdade nos pés – eles tocavam o chão com solidez e firmeza quando ela andava. Eram rápidos, ágeis, seguros – quando, movidos por um impulso irreconhecível, ela correra atrás de um bonde, alcançando-o e subindo nele.

Outro impulso, e procurou por dinheiro trocado dentro de um conveniente bolso. Instantânea e automaticamente saiu dali um níquel para o condutor e um centavo para o rapaz do jornal.

Esses bolsos foram uma revelação. Claro que ela sabia que eles estavam ali, já os tinha contado, debochara deles, remendara e até mesmo os invejara. Mas jamais tinha sonhado sobre como era *a sensação* de ter bolsos.

Oculta pelo jornal, deixou que sua consciência, aquela estranha consciência mista, vasculhasse bolso a bolso, dando-se conta da segurança armada que era ter todas aquelas coisinhas ao alcance da mão, instantaneamente disponíveis, prontas para suprir emergências. O estojo de charutos deu-lhe uma sensação de conforto – estava cheio. A caneta-tinteiro bem segura, firme, a não ser que ela, Mollie, fosse virada de cabeça para baixo. As chaves, lápis, cartas, documentos, o caderno de anotações, a caderneta de cheques, a pastinha com as contas... E, de uma só vez, envolta por um poderoso senso de poder e orgulho, ela sentiu o que jamais sentira na vida: a sensação de possuir dinheiro, um dinheiro ganho por ela própria, o qual podia gastar ou manter, pelo qual não precisava suplicar, insinuar, persuadir. Era seu.

Aquela conta – bem, se tivesse vindo para ela, quer dizer, para ele – ele a teria pago muito certamente, sem nada mencionar a ela.

E assim, estando ele sentado ali com tanta facilidade e firmeza, com seu dinheiro no bolso, ela despertou para a consciência dele sobre dinheiro, uma consciência de uma vida inteira. A infância, com seus desejos e sonhos, ambições. A juventude, trabalhando feito um louco a fim de obter os meios de construir um lar – para ela. Os anos atuais, com toda sua rede de necessidades e ambições e perigos. O atual momento, quando ele precisava de cada centavo para planos especiais de grande importância, e a tal conta, dívida antiga, necessitando ser paga, significando uma tremenda inconveniência que não seria necessária se ela tivesse sido mostrada a ele da primeira vez que chegou. E, ainda, o desgosto agudo dele com aquela observação de "conta entregue".

"As mulheres não têm a menor noção de negócios", ela se pegou dizendo. "E todo aquele dinheiro gasto só com chapéus – essa coisa idiota, inútil e horrenda!"

E, assim, Mollie começou a observar os chapéus das mulheres que estavam no bonde, como se nunca tivesse visto um chapéu na vida. Os dos homens pareciam normais, dignos, adequados, com variedade suficiente para o gosto pessoal de cada um, com diferenças dependendo do estilo ou da idade, coisa que ela nunca tinha notado antes. Mas os chapéus das mulheres...

Com os olhos de um homem e o cérebro de um homem; com a memória de uma vida inteira de liberdade, na qual o chapéu, bem ajustado ao cabelo curto, não era nenhum empecilho, ela agora observava os chapéus das mulheres.

A cabeleira cheia e esvoaçante era ao mesmo tempo atraente e tola, e, sobre aqueles cabelos, em todos os ângulos, todas as cores, pontudos, retorcidos, submetidos a todo tipo de dobraduras, feitos das mais diversas substâncias que o acaso pudesse fornecer, pairavam aqueles objetos amorfos. E então, sobre sua estrutura sem forma, lá estavam os enfeites – esse jorro de penas hirtas, os laços brilhantes em seus volteios violentos e berrantes, as massas de plumagens que se projetavam, agredindo o rosto de quem estava por perto.

Nunca na vida ela teria imaginado que aquela idealizada chapelaria poderia parecer-se, para aqueles que pagavam por ela, com a decoração de um macaco maluco.

E, contudo, quando subiu no bonde uma senhorinha, tão fútil quanto as demais, porém bonita, de aparência doce, lá se levantou Gerald Mathewson e ofereceu para ela seu assento. E, depois, quando entrou uma bela garota, de faces coradas, cujo chapéu era uma loucura, mais violento na cor e excêntrico na forma do que qualquer outro... e quando *ela*, de pé junto à moça, sentiu o toque suave daquelas plumas roçar e roçar em sua face... *ele* foi acometido de um súbito prazer ante aquele toque íntimo, que fazia cócegas... e *ela*, lá bem no fundo, sentiu uma onda de vergonha que seria bem capaz de engolfar milhares de chapéus para sempre.

Quando ele pegou o trem e tomou seu assento no vagão de fumantes, ela teve uma nova surpresa. Todos em torno dele também eram homens, e, como Gerald, viajantes diários, muitos, inclusive, amigos dele.

Para ela, eles seriam "o marido de Mary Wade", "o rapaz de quem Belle Grant está noiva", "aquele ricaço, o sr. Shopworth" ou "o simpático sr. Beale". E todos teriam tirado seus chapéus para ela, feito uma reverência, trocado palavras amáveis caso estivessem suficientemente próximos – especialmente o sr. Beale.

Mas agora lhe vinha o sentimento de total identificação, de reconhecer os homens como eles são. A própria essência desse conhecimento era uma surpresa para ela. Todo um passado de conversas, desde os tempos de menino, os comentários na barbearia ou no clube, os diálogos de manhã e à noite nos trens, o conhecimento das afiliações políticas, das situações dos negócios e seus prospectos, do caráter – sob uma luz que ela jamais conhecera.

Eles, um de cada vez, aproximavam-se e conversavam com Gerald. Ele parecia bem popular. E, à medida que falavam, com essa nova memória e esse novo entendimento, um entendimento que parecia incluir a mente de todos aqueles homens, começou a penetrar em sua consciência mais profunda um novo e surpreendente conhecimento – sobre o que os homens, de fato, pensam das mulheres.

Ali estava a média dos verdadeiros homens americanos. Na maioria, casados e felizes na medida em que é possível ser feliz, de maneira geral. Nas mentes de todos eles parecia haver um departamento de dois andares, inteiramente separado das demais ideias, um lugar à parte onde eles podiam manter seus pensamentos e sentimentos sobre as mulheres.

No andar de cima, ficavam as emoções mais suaves, os ideais mais altos, as memórias mais doces, todos os sentimentos adoráveis envolvendo "lar" e "mãe", todos os adjetivos de admiração delicada, uma espécie de santuário, onde uma estátua velada, cegamente adorada, dividia o espaço com experiências queridas, ainda que banais.

No andar de baixo – e aqui, a consciência mais profunda despertou para agudas inquietações –, eles guardavam um tipo bem diverso de ideias. Aqui, mesmo em uma mente cristalina como a de seu marido, ficavam as histórias contadas pelos homens durante os jantares, ou outras piores, entreouvidas de outros homens, na rua ou nos bondes, e que falavam de costumes baixos, de epítetos vulgares, de experiências chãs – conhecidas, embora não vividas.

E tudo isso no departamento "mulher", enquanto no resto da mente havia também muitas novidades.

O mundo se abria diante dela. Não o mundo em que ela fora criada – onde o lar cobria quase o mapa inteiro, sendo o resto "estrangeiro" ou "território não explorado" –, mas o mundo dos homens, aquele feito, visto e vivido por eles.

Era impactante. Assistir, pela janela do bonde, às casas passando rápidas, mas sob o ponto de vista das contas dos construtores, ou de algum detalhe técnico a respeito de materiais e métodos; ver passar um vilarejo com a lamentável consciência de "quem é o dono" dele, sabendo que seu chefão aspirava ganhar força no poder de Estado, e vendo como esse tipo de caminhada leva ao fiasco; olhar para as lojas, não como mera exibição de objetos de desejo, mas como oportunidades de negócios, algumas indo a pique, outras prometendo lucrativas jornadas – esse novo mundo a fascinava.

Ela – no papel de Gerald – tinha esquecido completamente da tal conta, por causa da qual ela – como Mollie – continuava em casa, chorando. Gerald estava "falando sobre negócios" com um, "falando sobre política" com outro, e agora se identificando com os problemas, cuidadosamente disfarçados, de um vizinho.

Mollie se identificara com a mulher desse vizinho.

E começou a lutar de forma violenta com essa consciência masculina dominante. Lembrou-se de repente, com grande clareza, de coisas sobre as quais lera, de palestras a que assistira, e se ressentiu, com intensidade crescente, dessa serena preocupação masculina com os pontos de vista dos homens.

O sr. Miles, o homenzinho metido que vivia na casa em frente, era quem estava falando agora. A mulher dele era uma senhora altamente complacente. Mollie não gostava muito dela, mas sempre achara o marido uma pessoa simpática – por ser tão infalível nas pequenas cortesias.

E era ele que estava falando agora com Gerald – e que conversa!

"Eu tive que vir para cá", disse ele. "Dei meu lugar para uma senhora, tive que fazê-lo. Não há nada que elas não consigam, depois que meteram isso na cabeça, não é mesmo?"

"Não se preocupe!", interveio o homem gordo no outro assento. "Elas não têm muita coisa na cabeça para tomar decisões. E quando tomam, logo vão mudar de ideia."

"O verdadeiro perigo", disse o reverendo Alfred Smythe, o novo clérigo, um homem magro, alto e nervoso, com um rosto de séculos atrás, "é que elas acabam ultrapassando os limites estabelecidos por Deus."

"Mas seus limites naturais são capazes de detê-las, eu acho", disse o alegre dr. Jones. "Você não pode superar a fisiologia, pode acreditar."

"Eu, de minha parte, garanto que nunca vi limite algum para os desejos delas", disse o sr. Miles. "Só um marido rico e uma casa bonita e um sem-fim de chapéus e vestidos, e o último modelo em matéria de automotores, e alguns diamantes... e por aí vai. É um trabalhão."

Do outro lado do corredor havia um homem grisalho, de aspecto cansado. Ele tinha uma esposa muito simpática, sempre muito bem-vestida, e três filhas solteiras, também sempre alinhadas, e Mollie as conhecia. Mollie sabia que ele trabalhava duro, e agora olhava para ele com certa expectativa.

Mas ele deu um sorriso alegre.

"Isso lhe faz bem, Miles", disse. "Para que mais você iria trabalhar? Uma boa mulher é a melhor coisa do mundo..."

"E uma má mulher é a pior...", retrucou Miles.

"Vendo a coisa profissionalmente, elas são apenas a bela parte fraca", disse o dr. Jones, com solenidade, apenas para que o reverendo Smythe completasse: "E aquelas que trouxeram o mal ao mundo."

Gerald Mathewson se ergueu. Algo irreconhecível despertava dentro dele. Mas era irresistível.

"Eu acho que todos nós falamos como Noé", disse, com secura, "das antigas escrituras hindus. As mulheres têm suas limitações, mas nós também temos, Deus sabe o quanto. Por acaso não encontramos, na escola ou na universidade, garotas mais espertas do que nós?"

"Mas elas não podem fazer o nosso jogo", foi a resposta fria do clérigo.

Gerald examinou, com olho prático, seu estreito campo de manobra.

"Eu nunca fui bom jogando futebol", admitiu, com modéstia. "Mas conheci mulheres capazes de superar um homem em matéria de resistência. Além disso... a vida não se resume ao esporte."

Isso era uma triste verdade. Todos olharam para um homem abatido, muito mal-vestido, que estava sentado sozinho mais à frente. Ele já frequentara as colunas dos jornais, com manchetes e fotografias. E agora ganhava menos do que qualquer um ali.

"Acho que já é hora de abrirmos o olho", continuou Gerald, ainda sentindo um impulso interior por aquele discurso diferente. "As mulheres são gente como a gente. Eu sei que elas se vestem como umas bobas, mas de quem é a culpa por isso? Fomos nós que inventamos esses chapéus idiotas que elas usam, e criamos essa moda maluca e tudo o mais. E se uma mulher tivesse a coragem de usar roupas razoáveis, e sapatos também, quem de nós ia querer dançar com ela? Sim, nós reclamamos por elas serem como parasitas, mas qual de nós tem vontade de ver a própria mulher trabalhando? Ninguém. Isso mexe com o nosso orgulho. Costumamos criticar as mulheres por se casarem por dinheiro, mas o que pensamos de uma garota que se casa com um vagabundo, que não tem onde cair morto? Nós a tachamos de uma pobre idiota. E elas sabem disso. Quanto a Eva, eu não estava lá e não posso desmentir a história, mas vou dizer uma coisa: se foi ela que trouxe o mal ao mundo, nós, homens, assumimos a parte do leão ao garantir que o mal continuasse em atividade desde então... Não é verdade?"

Eles afinal chegaram à cidade e, ao longo de todo o dia, Gerald teve a vaga consciência de que estava obtendo uma nova visão das coisas, e estranhos sentimentos. E, enquanto isso, lá no fundo, Mollie aprendia e aprendia.

Uma mulher honesta

"Aí está uma mulher honesta, se é que isso existe", disse o jovem vendedor para o mais velho, depois que a senhoria chispou para dentro, fechando com cuidado a porta de tela sem deixar entrar uma única mosca – aquelas moscas verdes da Califórnia, que os corretores de imóveis nunca mencionam.

"E o que faz você pensar assim?", perguntou o sr. Burdock, o Velho Burdock como era conhecido, chegando para a frente, com pulinhos alternados, as pernas traseiras da cadeira, até alcançar uma inclinação perigosa, para trás.

"Adivinhe!", respondeu com decisão o mais jovem, Abramson. "Acontece que eu sei. Eu tenho me hospedado aqui há três anos, duas vezes por ano, e conheço muita gente nesta cidade... faço muitas vendas para eles há tempos."

"Ela tem uma boa reputação na cidade, então?", perguntou o outro, sem muito interesse. Ele se hospedava na Main House havia oito anos, e, mais do que isso, conhecia a sra. Main desde criança. Mas não mencionou nada. O sr. Burdock não era de exibir suas virtudes, mas, se tinha uma em especial, era a arte de se calar.

"Tem, sim!", respondeu o jovem gordinho, ajeitando o colete estufado. "E como! Ela não tem uma única conta pendurada – acerta tudo no dia em que chega. Sempre que pode, paga em dinheiro. Deve ganhar uma nota com essa pensão. Mas não é em enfeite que ela gasta... afetação não é com ela."

"Ah, mas eu diria que a sra. Main é uma mulher muito bonita", protestou, com gentileza, o sr. Burdock.

"Sim, ela é bonita, sem dúvida. Mas eu estou falando de estilo... nada de exibicionismo, de gastos, nada de roupas. Ela cuida muito bem da casa, tudo é de primeira classe, e a um preço razoável. Ela tem dinheiro no banco, pelo que me disseram. E tem uma filha, que está estudando fora, não sei onde. Ela não quis criar a menina em um hotel. Acho que tem toda a razão."

"Não vejo por que uma menina não possa ser criada dentro de um hotel... ainda mais com uma boa mãe como essa," contestou o sr. Burdock.

"Ah, francamente. O senhor sabe muito bem. Ela ficaria falada... isso, na melhor das hipóteses. Não, senhor! Com uma garota é preciso ter todo o cuidado, e a mãe dela sabe disso muito bem."

"Fico satisfeito em ver como você tem as mulheres em alta conta. Queria saber mais." E o sr. Burdock balançou suavemente a cadeira, para a frente e para trás, equilibrando-se com os pés fincados no chão. Ele usava um par de sapatos largos, de bico quadrado, o couro fino deixando entrever a forma dos pés por baixo.

Os sapatos do sr. Abramson, por sua vez, tinham as formas bem delineadas e podiam ter sido preenchidos com qualquer coisa que coubesse ali dentro.

"Eu tenho as boas mulheres em alta conta, sim", ele anunciou, afinal. "Já sobre as ruins, é melhor não falar nada!" E ele soprou a fumaça do charuto, com seu ar de homem experimentado.

"Está sendo feito um grande trabalho, hoje em dia, para transformar as mulheres, não é mesmo?", experimentou o sr. Burdock.

O jovem deu uma risada antipática. "Não se pode transformar leite estragado", falou. "Mas eu fico satisfeito em ver uma mulher honesta, trabalhadora, ser bem-sucedida."

"Eu também, meu rapaz", disse o outro, "eu também." E eles continuaram fumando, em silêncio.

O ônibus do hotel parou diante da casa, fazendo barulho, e dele desceu um passageiro, carregando uma mala enorme, estufada, parecendo bem gasta. Era um homem mais velho, alto, de boa aparência, mas sem um bom porte, que usava uma barba comprida e fina. O sr. Abramson o examinou, decidiu que ele não era nem um vendedor nem um comprador, e não pensou mais no assunto.

O sr. Burdock o examinou e baixou as pernas da frente da cadeira, batendo no chão.

"Minha nossa!", disse baixinho.

O recém-chegado entrou para fazer o registro.

O sr. Burdock entrou para comprar mais um charuto.

A Sra. Main estava sozinha no balcão, mexendo com os livros. O cabelo escuro e macio caído sobre a testa, que era larga e altiva. Os olhos firmes, cinzentos, de belo formato, surgiam de sob as sobrancelhas, com seu olhar direto. A boca, em seus trinta e oito anos, exibia certa dureza.

O homem alto mal olhou para ela, enquanto pegava o livro de registro. Mas ela olhava para ele, e seu rosto corou levemente. O homem assinou seu nome, como se tivesse considerável importância. "Sr. Alexander E. Main, Guthrie, Oklahoma".

"Quero um quarto onde bata sol", disse. "Virado para o sul, e com uma lareira acesa sempre que eu precisar. Eu me ressinto muito do clima frio."

"Sempre se ressentiu", disse a sra. Main, com suavidade.

O homem então ergueu o rosto, deixando a caneta escorregar entre os dedos e rolar sobre a página em branco, o que provocou um caminho de manchas, da mais escura para a mais clara.

O sr. Burdock tentou se encolher contra a prateleira dos charutos, mas a mulher se aproximou, implacável, entregou-lhe o charuto que ele tinha escolhido e esperou calmamente até que ele se afastasse. O homem alto só olhando.

Então ela se virou para ele.

"Aqui está sua chave", disse. "Joe, pegue a bagagem do cavalheiro."

O rapaz saiu carregando a mala gasta, mas o homem alto se inclinou sobre o balcão, na direção dela.

O sr. Burdock estava saindo, fechando com cuidado a porta de tela – com tanto cuidado que ainda pôde ouvir:

"Ah, Mary! Mary! Preciso me encontrar com você!", sussurrou o homem.

"O senhor pode me encontrar a qualquer momento", disse ela, com toda a calma. "É aqui que eu trabalho."

"Hoje à noite!", retrucou ele, excitado. "Vou descer quando tudo estiver calmo. Tenho tanto a lhe dizer, Mary!"

"Muito bem", respondeu ela. "Quarto número 27, Joe", e virou as costas.

O sr. Burdock deu uma volta, ainda sem acender o charuto.

"Minha nossa!", disse. "Minha... nossa! E ela gelada como uma estátua... Aquele biltre miserável! Ah, se eu não estivesse passando na hora."

∗

Uma garota forte, de pernas compridas, assim era Mary Cameron quando começou a trabalhar ao lado do pai, na loja no interior do Kansas. Nascida e criada em fazenda, era uma criança vigorosa, independente, que vendia facas e linha de costura, papel e batatas "para ajudar o pai".

O pai era um livre pensador – um homem de mente forte e aguda, pouco letrado, mas de opiniões que voavam com ele. Ele a ensinou a ter ideias próprias, e ela obedeceu; ensinou-a a ser fiel a suas próprias crenças, e ela obedeceu; a amar a liberdade e os sagrados direitos do indivíduo, e ela também obedeceu.

Mas a loja foi um fracasso, e a fazenda já tinha sido um fracasso antes disso. Talvez os argumentos do Velho Cameron fossem excessivamente perigosos para os fregueses vadios. Talvez seu livre pensamento os escandalizasse. Quando Burdock tornou a ver Mary, ela estava trabalhando em um restaurante de São Francisco. Ela não se lembrava dele, de jeito algum. Mas ele conhecia uma de suas amigas e, por ela, ficou sabendo da mudança para a Califórnia, dos fracassos da plantação de laranjas e das videiras, da repentina morte do sr. Cameron e de como, desde então, Mary demonstrara eficiência e respeito próprio.

"Ela está se saindo muito bem. Pegou um dinheiro adiantado... e é uma pessoa corretíssima!", disse a srta. Josie. "O senhor quer conhecê-la?"

"Não, não", respondeu o sr. Burdock, que era uma pessoa muito discreta. "Não, ela com certeza nem ia se lembrar de mim."

Quando aconteceu de ele entrar naquele mesmo restaurante um ano depois, Mary tinha ido embora, e as notícias que sua amiga deu foram ruins.

"Ela começou a sair com um homem casado!", sussurrou. "Um sujeito de Oklahoma, um tal de Main. Um desses curandeiros... com muita lábia. Ela foi embora, e eu não sei para onde."

O sr. Burdock lamentou muito, muito mesmo – e não somente por conhecer Mary, mas porque também conhecia o sr. Main. Ele era um jovem frenologista, muito loquaz, em Cincinnati. Depois, o sr. Burdock o encontrara em St. Louis – e agora ele era um quiromante. Depois, fora em Topeka, agora como "dr. Alexander", uma espécie de "osteotista". O sistema de cura do dr. Main variava, parece, segundo as circunstâncias. Pelo visto, ele tratava tanto de ossos quanto de cérebros, e ali em São Francisco tinha feito muito sucesso, dando palestras e até escrevendo um livro sobre sexo.

Como é que uma moça como Mary Cameron, com seu alto bom senso e sua coragem, fora se meter com um sujeito desses!

Mas o sr. Burdock tinha continuado a viajar e, cerca de quatro anos depois, chegando a um novo hotel em San Diego, reencontrou Mary, agora com o nome de sra. Mary Main, cuidando dos negócios da casa, e com uma filhinha frequentando tranquilamente a escola.

Não falou nada, nem ela tampouco. Ela estava cuidando de seu negócio, e ele do dele. Mas na vez seguinte em que esteve em Cincinatti, o sr. Burdock logo teve notícias do sr. Alexander Main – com seus três filhos – vivendo em circunstâncias lamentáveis.

E de Main não soubera mais nada, durante muitos anos – até agora.

Ele voltou para o hotel e passou perto da janela que dava para o escritório. Ainda não havia ninguém. Depois de escolher um chiclete para se distrair, já que um charuto poderia traí-lo, colocou deliberadamente um banco sob a trepadeira de rosas, em local meio incômodo, mas bem escondido.

"Não é da minha conta, mas quero muito tirar essa história a limpo", disse o sr. Burdock.

Às quinze para as dez ela apareceu, mais elegante, simples e mais suave do que nunca, e se sentou, sob o abajur, com sua costura. A sra. Main fazia muitas peças lindas, mas não as usava nunca.

A certa altura, ela parou, cruzou as mãos fortes sobre o colo e ficou sentada, os olhos fixos à frente.

"Eu daria tudo para poder ver o que ela está olhando", pensou o sr. Burdock, espreitando-a de vez em quando.

O que a sra. Main olhava era a vida de uma mulher – e isso ela observava com toda a calma e com um julgamento imparcial.

Sendo uma garota independente e corajosa, admiradora do pai, mas reconhecendo suas fraquezas, ela tomara a vida nas próprias mãos com apenas vinte anos, e encontrara, nessa orfandade, acima de tudo, a liberdade. Mal se lembrava da mãe. Não se interessava pelos jovens que encontrava no ambiente dos negócios, recusava com frieza qualquer tentativa casual de aproximação, e, no fundo, estava determinada a não se casar, pelo menos não enquanto não estivesse bem estabelecida na vida. Trabalhou duro, cuidou da saúde, guardou dinheiro e leu muito da "literatura progressista" que seu pai adorava.

E então apareceu aquele homem que também lia, e estudava, e pensava que sentia como ela sentia, que dividia com ela suas aspirações, e "a compreendia". (É provável mesmo que o fizesse, ele era uma pessoa muito experiente.)

Aos poucos, Mary começou a gostar da companhia dele, a confiar nele. Quando ele se revelou também uma pessoa solitária, não forte em demasia, lutando com o mundo, ela ansiou por ajudá-lo. E quando, afinal, em um surto amargo de franqueza, ele disse que precisava deixá-la, que Mary fizera a vida valer a pena, mas que precisava se afastar, e que, para ele, ela era a vida e a esperança, mas que ele não era um homem livre – Mary pediu que se explicasse.

Main contou uma história triste, parecendo não culpar a ninguém, só a si próprio. Mas a garota ficou profundamente indignada com aquela mulher sórdida, mais velha do que ele, que se casara com o rapaz, aproveitando-se de sua juventude e inexperiência, que drenara tudo o que ele poderia conseguir, destruíra seus ideais, transformara a vida dele em um deserto insuportável. Aquela mulher tinha... mas não, ele não iria macular a imagem daquela que fora sua esposa.

"Ela não me dá nenhum motivo palpável que justificasse o divórcio", disse ele. "Ela não afrouxa o laço. Eu a deixei, mas ela não vai me libertar."

"Vocês tiveram filhos?", Mary perguntou, depois de um tempo.

"Tivemos uma menininha...", ele respondeu, com uma pausa patética. "Ela morreu..."

Main não viu necessidade de mencionar que havia também três meninos – e que, estes, afinal de contas, tinham sobrevivido.

E foi assim que Mary Cameron tomou uma decisão que se deveu mais ao coração do que à mente, embora ela fosse capaz de negar tal crítica com toda a ênfase.

"Não vejo razão para que sua vida, sua felicidade, suas ações para com a comunidade, tudo deva ser arruinado e perdido só porque você foi tolo quando era um rapaz."

"Fui mesmo", ele sussurrou. "Eu caí em tentação. Como qualquer pecador, devo aceitar minha punição. Não há saída."

"Bobagem", disse Mary. "Ela não vai libertá-lo. Você não vai viver ao lado dela. Você não pode se casar comigo. Mas eu posso ser sua mulher... se você quiser."

A intenção era nobre. Feliz, ela arriscou tudo, abriu mão de tudo, a fim de reconstruir a "vida arruinada" dele, para dar felicidade àquele que há tempo vinha sofrendo. E quando ele prometeu nunca tirar vantagem daquele desprendimento sublime, ela respondeu que não estava sendo em nada desprendida – porque o amava. Isso era verdade, ela foi bastante honesta nesse ponto.

E ele? É perfeitamente possível que Main tenha aderido àquele "pacto sagrado" com intenção de respeitá-lo. Ela o fazia mais feliz do que qualquer outra pessoa fizera até então.

Foram dois anos de felicidade. O sr. e a sra. Main – eles se levavam a sério – viveram juntos em seu pequeno apartamento, trabalhando e estudando e pensando as grandes questões sobre o avanço da humanidade. Houve também o nascimento de uma menina, e o contentamento deles foi completo.

Com o tempo, a renda obtida pelo sr. Main foi se desgastando. Até que a sra. Main precisou ir à luta e trabalhar em um hotel, mais eficiente do que nunca, e ainda mais atraente.

Mas o sr. Main ficou inquieto com a situação, indo a Seattle procurar emprego. Foi uma longa procura, tendo apenas cartas para preencher o vazio.

Eis que, agora, as mãos da mulher estavam trançadas com tanta força que as unhas se tornaram lilases e, depois, brancas – chegou a carta.

Ela estava sentada sozinha naquela noite, a criança brincando no chão. Tomava conta da filha, porque a moça que ficava com ela durante o dia já tinha ido embora. Os dois inquilinos, que alugavam quartos e ajudavam no aluguel, estavam fora. Era uma noite quieta, suave.

Ela não recebia cartas havia uma semana e estava louca para receber uma. Beijou o envelope onde a mão dele tocara. Apertou-o na própria mão, encostou a face nele, pressionou-o contra o peito. A menininha se aproximou, querendo brincar também. A mulher deu a ela apenas o envelope.

Ele não ia voltar – nunca mais. Era melhor que ela ficasse sabendo de tudo de uma só vez... Ela era uma mulher forte, saberia como superar. Era uma mulher capaz, independente, ele não precisava se preocupar com ela quanto a isso... Tudo fora um engano... Ele encontrara uma pessoa que lhe pertencia mais... Ela fora uma grande dádiva para ele... E ali seguia uma quantia de dinheiro para a criança... Adeus.

Mary ficara sentada, quieta, muito quieta, olhando fixamente à frente, até que a menina veio até ela, com um gritinho.

Ela, então, apertou a criança nos braços, quase a machucando com sua carícia apaixonada, até que, de muito chorar, a menina teve de ser confortada. Com os olhos vítreos, a mãe acalentou e ninou a menina até que ela adormecesse e colocou-a em seu bercinho. E só então se ergueu e encarou tudo.

"Acho que sou uma mulher arruinada", disse.

Foi até o espelho e acendeu os bicos de gás, um em cada extremidade, olhando-se fixamente e acrescentando: "Mas não pareço!"

E não parecia mesmo. Alta, de aparência nobre, mais suave e mais completa por seus anos de amor e pela maternidade feliz, aquela mulher que ela via no espelho se parecia mais com alguém no começo de uma vida esplêndida do que no fim de uma vida ruim.

Ninguém iria saber o que ela pensara e sentira naquela noite, cruzando os braços e segurando os ombros, para tentar aparar aquele golpe terrível.

Se ele tivesse morrido, teria sido mais fácil. Se tivesse desaparecido, ela pelo menos teria tido suas lembranças. Mas o que ela encarava agora não era apenas dor, mas *vergonha*. Fora uma tola – uma garota boba, ordinária, simplória e antiquada, como tantas outras que desprezava. E agora?

Sob o efeito do choque e da tortura que estraçalhara sua vida, aquela alma corajosa e prática lutava para se manter de pé, de cabeça erguida. Ela não era uma mulher de demonstrar seus sentimentos. Talvez ele nunca tenha ficado sabendo o quanto ela o amava, o quanto sua vida passara a depender dele.

Esse pensamento surgiu de repente, e ela ergueu ainda mais o rosto. "Por que ele deveria ficar sabendo?", disse a si própria. "Pelo menos eu tenho minha filha!" E, antes que aquela noite terminasse, seus planos estavam feitos.

O dinheiro que ele mandara, e que em um primeiro momento Mary pensara em rasgar e queimar, ela guardou, com cuidado. "Ele mandou para a criança", disse. "E ela vai precisar." Sublocou o pequeno apartamento, vendeu os móveis para um jovem casal, amigo dela, que estava à procura de um lugar assim tranquilo. Comprou um traje de luto, mas não muito fechado, e foi embora para o Sul, levando Mollie.

Naquela terra boa, para onde tantos inválidos vão tarde demais, não é difícil encontrar mulheres incompetentes, que ficaram viúvas e sem dinheiro, tentando transformar em negócio a única arte que dominam, emergindo do porto seguro que é "cuidar de uma casa" para o mar agitado que é "cuidar de uma pensão".

Aceitando condições moderadas, por causa da criança, mas fazendo um bom trabalho em razão da longa experiência, e oferecendo sua amigável simpatia, nascida da mais profunda amargura, a sra. Main tornou-se indispensável naquele meio.

Quando o novo empregador lhe perguntou pelo marido, ela pressionou o lenço nos olhos e disse: "Ele me deixou. Eu não suporto falar nesse assunto."

E isso era verdade.

Dentro de um ano, a sra. Main tinha poupado algum dinheiro, com o qual comprou uma passagem para a dona da pensão, que estava falida e queria ir embora, e que, satisfeita, deu a ela em troca, "de boa vontade, o negócio".

A tal "boa vontade" se resumia a um senhorio feroz, meia dúzia de pensionistas insatisfeitos e alguns delinquentes, além de muitos credores. A sra. Main reuniu-se com os credores na sala fria da pensão. E disse: "Eu comprei o negócio, do jeito que está, e para isso gastei até meu último centavo. Eu trabalhei durante sete anos em hotéis e restaurantes e sei gerir este lugar com muito mais eficiência do que tem sido feito. Se vocês me derem crédito por seis meses, e depois, se eu me sair bem, por outros seis, eu assumirei todas as dívidas – para saudá-las. Caso contrário, eu vou embora, e tudo o que vocês vão conseguir será a quantia obtida com a venda compulsória dessa mobília de terceira. Eu vou trabalhar duro, porque tenho uma filha sem pai para cuidar." A menina estava ao lado dela – aquela garotinha linda de três anos de idade.

Os credores examinaram a casa, examinaram a mulher, conversaram um pouco com o pensionista que era hóspede há mais tempo e aceitaram a oferta.

Ela se saiu bem nos primeiros seis meses, e ao fim de um ano tinha começado a pagar as dívidas, e agora...

A sra. Main deu um suspiro fundo e voltou ao presente.

Mollie, a querida Mollie, era uma moça agora, e estava indo muito bem em uma excelente escola. A Main House era um sucesso – e isso já fazia alguns anos. Ela, a sra. Main, já tinha algumas economias, para os gastos de Mollie na universidade. Sua saúde era boa, ela gostava do que fazia, era uma mulher respeitada e estimada na cidade, ajudava a igreja liberal da qual fazia parte, participava também do Clube das Mulheres Progressistas, da Associação Municipal de Desenvolvimento. Alcançara conforto, segurança e paz.

Ouviu os passos dele na escada... passos contidos, incertos, ansiosos.

A porta dela estava aberta. Ele entrou, fechando a porta atrás de si. Ela se levantou e tornou a abrir.

"Essa porta fica sempre aberta", disse. "O senhor não precisa se preocupar. Não tem ninguém aí."

"Quase ninguém, pelo menos", pensou Burdock, com desfaçatez.

A sra. Main tornou a se sentar, calma. Ele tentou beijá-la, tomá-la nos braços, mas ela voltou para a cadeira com passos decididos, fazendo um gesto para que ele também se sentasse.

"O senhor queria falar comigo, sr. Main. Qual é o assunto?"

E ele abriu o coração como costumava fazer, em uma torrente poderosa de palavras convincentes.

Contou a ela de suas andanças, de suas lutas e dos repetidos fracassos; da miséria que tomara conta dele em seu último e fatal engano.

"Eu mereço", disse, com o sorriso ligeiro e o menear de cabeça que eram tão comoventes. "Eu mereço tudo o que aconteceu comigo... Depois de ter tido você... e de ter sido cego a ponto de deixá-la escapar! Eu precisava, Mary, eu precisava..."

Não disse muito sobre os anos anteriores, pelo menos não sobre os fatos, falando apenas do desperdício de mágoa que eles representaram.

"Agora, os negócios estão indo melhor", disse ele. "Estou estabelecido em Guthrie, mas minha saúde não anda boa e fui aconselhado a vir para um lugar de clima mais quente, por um tempo."

Ela não disse nada, apenas continuou encarando-o, com um olhar claro e firme. Ele parecia um completo estranho, e nada atraente. Aquele descompasso no coração que ela costumava sentir na presença dele, ou ante o toque dele, e do qual se lembrava tão bem... onde fora parar?

"Você não vai me dizer nada, Mary?"

"Não tenho nada a dizer."

"Será que você não consegue... me perdoar?"

Ela se inclinou para a frente, apoiando o rosto nas mãos. Ele esperou, a respiração em suspenso. Pensou que ela estava lutando com os próprios sentimentos.

Na verdade, ela estava relembrando a vida deles, juntos, medindo o desenvolvimento das coisas à luz do que ele acabara de dizer, e comparando com a vida que ela própria vinha levando. Ergueu o rosto e olhou-o bem nos olhos.

"Não tenho nada a perdoar", disse.

"Ah, você é muito generosa, muito nobre!", ele retrucou. "E quanto a mim? O fardo da minha juventude agora não mais existe. Minha primeira mulher morreu... isso faz alguns anos... e eu estou livre. Você é minha verdadeira esposa, Mary, minha verdadeira e amada mulher. Agora, eu posso lhe oferecer também a cerimônia legal."

"Eu não quero", ela respondeu.

"Será como você quiser", ele continuou. "Mas, para o bem da criança... Eu quero ser um pai para ela."

"Você é o pai. Não tem jeito."

"Mas gostaria de dar a ela o meu nome."

"Ela já tem. Eu dei seu nome para ela."

"Querida, corajosa, mulher! Mas agora eu posso dar meu nome para você também."

"Eu também já o tenho. Esse tem sido o meu nome desde que... segundo minha consciência... eu me casei com você."

"Mas... você não tem direito legal de usar meu nome, Mary."

Ela sorriu, quase riu.

"Melhor o senhor se inteirar do que é a lei, sr. Main. Eu uso esse nome há doze anos, sou conhecida publicamente, e de forma honrada, por ele. Ele me pertence, legalmente."

"Mas, Mary, eu quero ajudar você".

"Obrigada. Não preciso de sua ajuda."

"Mas quero fazer isso pela criança... minha filha... nossa filhinha!"

"O senhor pode ajudá-la. Quero mandá-la para a universidade. Pode ajudar, se quiser. Eu ficaria muito feliz se Mollie pudesse ter uma memória agradável e honrada do pai dela." A sra. Main se levantou, de repente. "Agora o senhor quer se casar comigo, sr. Main?"

"Sim, de todo o coração, Mary. Você quer?"

Ele também se levantou, estendendo os braços para ela.

"Não", disse ela. "Não quero. Quando eu tinha vinte e quatro anos, eu o amei, me identifiquei com você. Queria ser sua mulher... sua verdadeira e fiel mulher, mesmo que você não pudesse se casar comigo legalmente... porque o amava. Mas agora não quero me casar com você, porque não o amo. E isso é tudo."

Ele olhou em torno, observando a sala confortável, tranquila. Já tinha feito uma estimativa daquele negócio confortável, tranquilo. E agora, de algum recanto esquecido de seu coração tão gasto, surgia um desejo por essa mulher calma, forte, terna, cujo poder de amar ele conhecia tão bem.

"Mary! Você não pode me recusar agora! Eu amo você... amo você como nunca amei antes!"

"Lamento ouvir isso", disse ela. "Não faz com que eu volte a amá-lo."

O semblante dele se fechou.

"Não me leve ao desespero", pediu. "Toda a sua vida aqui se baseia em uma mentira, lembre-se bem. E eu poderia destruir tudo com uma única palavra."

Ela sorriu, paciente.

"O senhor não pode destruir fatos, sr. Main. As pessoas aqui sabem que o senhor me deixou, anos atrás. Sabem como eu vivi, desde então. Se o senhor tentar manchar minha reputação aqui, acho que vai acabar achando o clima do México mais agradável."

Pensando bem, essa pareceu ser também a opinião do próprio sr. Main, que acabaria deixando o país.

Outro que concordou com ela foi o sr. Burdock, que mais tarde apareceu, meio arranhado e tremendo de frio, e se dirigiu para o quarto.

"Se aquele labrego disser alguma coisa contra ela aqui na cidade, ele vai encontrar um clima bem mais quente que o do México, ora se vai!", disse o sr. Burdock para suas botas, enquanto elas pisavam o chão com cuidado. E isso foi tudo o que ele disse sobre o assunto.

Uma mudança

"Uáááááá.... uáááááá!"

Frank Gordins pousou a xícara de café com tanta força que o líquido derramou no pires.

"Será que não há um meio de fazer esse bebê parar de chorar?", perguntou.

"Eu não sei de nenhum", respondeu a mulher, com palavras tão firmes e polidas que pareciam ter sido cortadas a máquina.

"Pois eu sei", disse a mãe dele, com ainda mais firmeza, e menos polidez.

A jovem sra. Gordins olhou para a sogra erguendo de leve a sobrancelha e não disse nada. Mas as marcas do cansaço em torno de seus olhos se aprofundaram. Ela havia ficado acordada a noite inteira, e isso já durava muitas noites.

O marido também. E, para dizer a verdade, a mãe dele também. Não era ela quem cuidava do bebê, mas ficava acordada, desejando que fosse.

"Falar não adianta", disse Julia. "Se Frank não está satisfeito com a mãe do bebê, é melhor que ele diga logo – e talvez possa haver uma mudança."

Havia algo de sinistro naquela suavidade. Os nervos de Julia estavam no limite. Seus olhos cansados, seu coração sensível de mãe, recebiam o choro cortante que vinha do quarto ao lado como se fosse uma chicotada – e queimava como fogo. Seus ouvidos eram hipersensíveis, sempre. Ela fora uma musicista apaixonada antes de se casar, dando, com muito êxito, aulas de piano e violino. Para qualquer mãe, o choro de uma criança é doloroso. Para a mãe musical, é um tormento.

Mas se seus ouvidos eram sensíveis, sua consciência também o era. Se seus nervos eram fracos, seu orgulho era forte. O bebê era seu filho. Era dever dela cuidar da criança, e é o que faria. Dedicava todos os seus dias, incansavelmente, às necessidades do menino, além de cuidar também da casa, sempre arrumada. E havia muito tempo que suas noites não lhe davam descanso.

Mais uma vez, o choro cansado se ergueu em gritaria.

"Acho que está na hora de haver uma mudança na maneira de cuidar", disse a mulher mais velha, com acidez.

"Ou uma mudança de casa", sugeriu a mais nova, trazendo na voz uma calma mortal.

"Ah, mas francamente!! Vai haver uma mudança, sim, e não vai demorar nada!", disse o filho e marido, ficando de pé.

A mãe dele se ergueu também, e saiu da sala, com a cabeça erguida e sem querer acusar o último golpe.

Frank Gordins lançou à mulher um olhar raivoso. Também os seus nervos estavam à flor da pele. Não faz bem a ninguém, nem para a saúde, nem para o caráter, ser privado do sono. Algumas pessoas ilustradas usam isso como forma de tortura.

Julia mexeu o café de forma mecânica, calma, os olhos fixos no prato.

"Não vou permitir que você fale assim com minha mãe", disse o marido, em tom decisivo.

"E eu não vou permitir que ela interfira no meu método de criar filhos."

"Seu método! Ora, Julia, minha mãe sabe muito mais sobre criar filhos do que você jamais vai saber! Ela é verdadeiramente apaixonada por isso. E tem experiência prática. Por que é que você não a deixa cuidar do menino... para que todos nós possamos ter um pouco de paz?"

Julia ergueu o rosto e olhou para ele. Seus olhos cram poços profundos e inescrutáveis, com uma chispa de raiva. Ele não tinha a menor ideia de qual era seu estado mental. Quando as pessoas dizem que estão "quase loucas" de cansaço, estão descrevendo um fato objetivo. A velha expressão que descreve a razão como "oscilando em seu trono" também é clara.

Julia estava muito mais perto do desastre total do que sua família poderia imaginar. As condições criadas eram tão simples, tão comuns, tão inevitáveis.

Ali estava Frank Gordins, um homem bem-educado, filho único de uma mãe que era muito competente e afetuosa ao ponto da idolatria. Ele se apaixonara profunda e desesperadamente por uma linda jovem, de mente refinada, professora de música, e a mãe aprovara a escolha. Ela própria também adorava música e era uma apreciadora da beleza.

Seus modestos proventos com a poupança não eram suficientes para ela morar sozinha, por isso Julia concordara com a sogra vivendo com eles.

Ali havia afeição, decoro e paz. Ali, havia nobre devoção por parte da jovem esposa, que idolatrava o marido a tal ponto, que chegava a desejar ter sido a maior musicista do mundo só para poder abrir mão de tudo em favor dele! Ela abrira, sim, mão da música, havia muitos meses, e a falta que isso lhe fazia era maior do que ela conseguia perceber.

Ela se concentrara na decoração e no manejo artístico do pequeno apartamento, tendo dificuldade em manter os seus padrões, diante da cambiante ineficiência da criadagem. O temperamento musical nem sempre inclui a paciência, nem necessariamente o poder de administrar.

Quando o bebê nasceu, o coração de Julia foi inundado pela mais absoluta gratidão e entrega. Ela era a esposa, a mãe do filho dele. Sua própria felicidade cresceu e foi pressionando, até que ela passou a sentir cada vez mais falta da música, do fluir da livre expressão, como forma de demonstrar seu amor e orgulho e contentamento. Ela não tinha o dom das palavras.

E agora Julia olhava para o marido, em silêncio, enquanto loucas visões de separação, de fugas secretas – até mesmo de autodestruição – toldavam-lhe a mente. E tudo o que ela disse foi: "Está bem, Frank. Vamos, sim, fazer uma mudança. E então você vai ficar... em paz."

"Ah, eu agradeço a Deus por isso, Jule! Você está mesmo muito cansada, menina... Deixe minha mãe cuidar do Senhor Chorão e vá tentar dar um cochilo, está bem?"

"Está bem", ela respondeu. "Sim, sim... acho que vou, sim." Havia uma nota peculiar em sua voz. Se Frank fosse um alienista, ou mesmo um clínico geral, ele teria notado. Mas o trabalho dele era com bobinas elétricas, dínamos e fios de cobre – não com os nervos das mulheres – e ele não notou nada.

Ele a beijou e foi embora, dando de ombros e soltando um longo suspiro de alívio ao sair de casa e entrar no próprio mundo.

"Essa coisa de casar e ter filhos... não é o que era para ser." Era o sentimento que guardava no fundo da mente. Mas que não chegava a admitir, muito menos a expressar.

Quando um amigo perguntou para ele "Está tudo bem em casa?", ele respondeu: "Sim, obrigado. Tudo bem. O bebê chora um pouco... mas acho que isso é normal."

Ele tirou o assunto da cabeça e concentrou o pensamento nas questões dos homens – como fazer dinheiro suficiente para sustentar a mulher, a mãe e um filho.

Em casa, a mãe estava sentada na saleta diante do "poço", olhando através da janela para uma outra, de vidro fosco, e refletindo.

Na mesa do café, ainda desarrumada, a esposa continuava sentada, imóvel, o queixo apoiado nas mãos, os olhos grandes fixos à frente, tentando formular, em sua mente cansada, uma razão sólida para não fazer aquilo que estava pensando em fazer. Mas a mente estava exausta demais para ajudar.

Dormir... dormir... dormir... era a única coisa que ela queria. E então, a sogra tomaria conta da criança à vontade, e Frank poderia ter um pouco de paz... Ai, meu Deus! Estava na hora do banho do bebê.

Ela deu o banho, agindo mecanicamente. Na hora exata, preparou a mamadeira e pôs o pequeno deitado, mamando. Ele se aninhou, mamando satisfeito, enquanto ela o observava, de pé.

Ela esvaziou a banheira, botou para secar o avental que usava para não se molhar, pegou todas as toalhas e esponjas e demais apetrechos necessários para o banho do bebê e só então se sentou. Os olhos vítreos, mais cansada do que nunca, mas sentindo-se cada vez mais determinada por dentro.

Greta tinha tirado a mesa, com suas mãos pesadas e pisada forte, e agora se ouvia o barulho de pratos sendo lavados na cozinha. A cada baque, a jovem mãe estremecia, e quando a voz da garota, enquanto ela trabalhava, começou a cantar bem alto uma canção dolente, a jovem sra. Gordins se levantou com um estremecimento e tomou sua decisão.

Pegou nos braços o bebê, com sua mamadeira, e levou até o quarto da sogra.

"A senhora se importaria de cuidar do Albert?", perguntou, com uma voz neutra, fraca. "Acho que vou tentar dormir um pouco."

"Ah, mas será um prazer", respondeu a sogra. Ela disse isso em um tom de fria polidez, mas Julia não notou. Ela deitou o menino na cama e ficou de pé, olhando-o, com a mesma expressão apática, saindo depois sem dizer palavra.

A velha sra. Gordins ficou sentada por um longo tempo, observando o bebê. "É uma criança perfeitamente adorável!", disse baixinho, apreciando, com um olhar ardente, aquelas lindas faces rosadas. "Não há nada de errado com ele! São essas ideias absurdas dela. Ela age de forma tão errática com ele. Isso de deixar o bebê chorar por uma hora! Ele fica agitado porque ela está agitada. E claro que ela precisava esperar o bebê tomar banho para só então dar a mamadeira. Claro!"

E ela continuou com suas meditações sarcásticas durante um tempo, tirando depois a mamadeira vazia da boquinha úmida, que ainda ficou sugando um pouco mais no vazio, antes de se aquietar, no sono.

"Eu poderia muito bem tomar conta dele, e o bebê não ia chorar nunca!", continuou ela, balançando-se para a frente e para trás. "E poderia tomar conta de vinte iguais a ele... com o maior prazer! Acho que vou fazer isso em algum outro lugar. Dar a Julia um descanso. Mudar de casa, imagine!"

Ela se balançava e fazia seus planos, satisfeita em ter o neto por perto, mesmo estando adormecido.

Greta tinha saído para fazer alguma coisa na rua. A casa estava quieta. De repente, a senhora ergueu a cabeça e inspirou. Levantou-se devagar e foi verificar o bico de gás... Não, estava bem fechado. Voltou à sala de jantar. Ali, tudo bem.

"A moça desmiolada deixou o fogão ligado e a chama apagou!", pensou, e foi até a cozinha. Não, no pequeno aposento estava tudo bem, com todas as bocas do fogão fechadas.

"Estranho! Deve estar vindo do hall", e ela abriu a porta. Não, o hall emanava seu cheiro usual, parecido com o de um porão. Então, a sala de visitas. Nada, também. A saleta que o corretor de imóveis tinha chamado de "sala de música", e onde jaziam, fechados, o piano de Julia e o estojo do violino, mudos e empoeirados. Também nada ali.

"É no quarto dela... e ela está dormindo!", exclamou a velha sra. Gordins. Tentou abrir a porta. Estava trancada. Bateu – mas ninguém respondeu. Bateu com mais força, sacudiu, mexeu na maçaneta. Nenhuma resposta.

E então a sra. Gordins pensou rápido. "Pode ser um acidente. E ninguém precisa saber. Frank não pode saber.

Ainda bem que Greta está na rua. E eu tenho de entrar aí de qualquer maneira!". Ela olhou para o basculante e para a haste sólida que o próprio Frank instalara para nela correr a cortina, a cortina que Julia tanto amava.

"Acho que eu consigo, sim, de um pulo."

Ela era uma mulher incrivelmente ativa para sua idade, mas não se lembrava de nenhuma ginástica como a que teria de fazer. Foi correndo pegar a escada. Do alto da escada, dava para ver dentro do quarto, e o que ela viu a fez se decidir de imediato.

Agarrou-se à haste da cortina com as duas mãos e enfiou o corpo magrinho através da abertura do basculante, contorcendo-se de um jeito esquisito, mas com sucesso, e caindo no chão, sem fôlego e com uns arranhões. E foi correndo abrir todas as portas e janelas.

Quando Julia abriu os olhos, encontrou em torno de si braços amorosos, assim como palavras ternas e sábias, para confortá-la e lhe transmitir segurança.

"Não diga nada, querida... Eu compreendo. *Eu entendo tudo*. Pode estar certa! Ah, minha menina... minha querida filha! Nós não temos sido bons com você, Frank e eu, não como deveríamos. Mas agora, vamos, anime-se... Eu tenho um plano maravilhoso, que vou lhe contar. Nós duas vamos fazer uma mudança! E agora, escute..."

Enquanto a jovem, pálida, continuava quieta, sendo atendida e amparada, com o coração reconfortado, grandes planos foram discutidos e decididos.

Frank Gordins ficou satisfeito quando percebeu que o bebê tinha parado de ter "suas crises de choro". E falou sobre isso com a mulher.

"É verdade", ela respondeu, com doçura. "Ele está sendo mais bem cuidado."

"Eu sabia que você ia aprender", retrucou o marido, orgulhoso.

"É", ela concordou. "Eu aprendi sim, e como!"

Frank ficou também muito satisfeito em ver como a saúde da mulher melhorou, de forma rápida e estável, o rosado delicado das faces reaparecendo, assim como o brilho suave dos olhos. E quando ela tocou música para ele certa noite, uma música suave, com as portas fechadas – para não acordar Albert –, ele sentiu que os dias românticos estavam de volta.

Greta, com suas passadas de martelo, tinha ido embora, e uma empregada francesa, que vinha durante o dia, tomara seu lugar. Frank não perguntou nada sobre as peculiaridades daquela pessoa, tampouco sabia que era ela quem fazia as compras e planejava as refeições, refeições de tamanha delicadeza e variedade que o deixaram extremamente satisfeito. Também não ficou sabendo que o salário dela era muito mais alto que o de sua predecessora. A soma que ele dava todas as semanas era a mesma, e não quis entrar em detalhes.

Frank também ficou satisfeito em ver que a mãe parecia ter revivido. Ela estava tão alegre e saltitante, tão cheia de brincadeiras e histórias – parecia a mãe que ele conhecera quando era garoto. E, acima de tudo, ela agia com tamanha liberdade e afeição para com Julia, que isso o deixava ainda mais satisfeito.

"Vou contar uma coisa para você", disse ele a um amigo solteiro. "Vocês, rapazes, não sabem o que estão perdendo!" E ele trouxe um dos amigos para jantar em casa – só para mostrar como eram as coisas.

"Você consegue tudo isso só com trinta e cinco por semana?", o amigo perguntou.

"Mais ou menos isso", respondeu Frank, orgulhoso.

"Bem, então sua mulher é uma administradora espetacular, é só o que eu posso dizer. E você tem a melhor cozinheira que eu já vi e de que ouvi falar e, acho que posso dizer, de cuja comida provei... por cinco dólares!"

A sra. Gordins ficou satisfeita e orgulhosa. Mas Frank não ficou nem satisfeito, nem orgulhoso, quando alguém chegou para ele com toda a franqueza e disse: "Não imaginava que você fosse deixar sua mulher dar aula de música, Frank!"

Para o amigo, ele não demonstrou nem raiva nem surpresa, mas guardou tudo para a mulher. Estava tão surpreso e tão zangado, que fez uma coisa que não costumava fazer: saiu do trabalho e foi mais cedo para casa naquela tarde. Abriu a porta do apartamento. Não havia ninguém. Procurou por todos os cômodos. Nem mulher. Nem filho. Nem mãe. Nem empregada.

O ascensorista o ouviu fazendo barulho, abrindo e fechando portas, e deu um sorriso satisfeito. Quando o sr. Gordins saiu, Charles se prontificou a dar a informação:

"A jovem sra. Gordins saiu, senhor. Mas a mãe do senhor e o bebê estão lá em cima. Na cobertura, eu acho."

O sr. Gordins foi até a cobertura do prédio. Lá, encontrou a mãe, feliz, sorridente, no papel de enfermeira, cuidando de cinco alegres bebês.

A velha sra. Gordins se levantou, toda animada.

"Bem-vindo à minha creche, Frank", disse ela, toda contente. "Fico feliz que você tenha podido chegar cedo, para poder ver."

E saiu com ele pelo braço, mostrando tudo com o maior orgulho, o ensolarado jardim da cobertura, a caixa de areia e o laguinho grande e raso com fundo de zinco, suas flores e trepadeiras, os balanços e gangorras, as mantas para brincar no chão.

"Percebeu como eles estão felizes?", perguntou. "Celia pode muito bem ficar tomando conta deles por um instante." E ela então levou Frank para visitar o apartamento no andar acima do deles, transformado em convenientes instalações para que os bebês pudessem tirar seus cochilos ou mesmo brincar, quando o tempo estava ruim.

"E onde está Julia?", Frank perguntou.

"Julia vai chegar já", a mãe respondeu. "Lá pelas cinco horas. E é a essa hora também que as mães vêm buscar as crianças. Eu fico com eles de nove, ou dez, até cinco da tarde."

Frank não disse nada, mas estava furioso, e magoado.

"No início, nós não contamos nada para você, meu querido, porque sabíamos que você não ia gostar. E nós queríamos ter certeza de que tudo daria certo. Eu aluguei o apartamento de cima, sabe? – ele custa quarenta dólares por mês, o mesmo que o nosso – e pago a Celia cinco dólares por semana. Também pago o mesmo à dra. Holbrook, que mora aqui embaixo, para dar uma olhada nos bebês todos os dias. Foi ela que me ajudou, fazendo os contatos. As mães me pagam três dólares por semana, cada uma, e assim não precisam ter babás. E eu pago dez dólares por semana para Julia, pelo aluguel do meu quarto, e ainda sobram dez dólares para mim."

"E Julia está dando aula de música?"

"Está, sim, dando aula de música, do mesmo jeito que fazia antes. Ela é apaixonada por isso, sabe? Você deve ter notado como ela está feliz e bem de saúde agora – não notou? E eu também estou. E Albert também está. Você não pode achar ruim uma solução que faz todo mundo feliz, não é mesmo?"

Nesse instante, Julia entrou radiante após a rápida caminhada, parecendo contente e renovada, e trazendo nos braços uma enorme braçada de violetas.

"Mãe!", gritou, "Consegui ingressos para irmos ouvir Melba... será que conseguimos que Celia venha ficar à noite?"

Mas, ao ver o marido, um rubor de culpa toldou seu rosto, no instante em que encontrou o olhar reprovador de Frank.

"Ah, Frank..." implorou, passando os braços em torno do pescoço do marido. "Por favor, não fique zangado! Por favor, aceite! E, por favor, fique orgulhoso de nós. Veja só, estamos todos tão felizes, e conseguimos ganhar cem dólares por semana... nós todos juntos. Sabe, eu recebo dez dólares extras de sua mãe, para as despesas da casa, e ainda ganho mais vinte por minha conta!"

Eles tiveram uma longa conversa naquela noite, só os dois. Julia finalmente contou para ele o perigo que os rondara – e o quão perto dele ela chegara.

"Foi sua mãe que me mostrou a saída, Frank. A maneira de recolocar minha cabeça no lugar... e de não perder você! Ela também é uma nova mulher, agora que vive cercada de bebês. Albert também adora! E você também adorou... até que você descobriu tudo. E, querido... amor da minha vida... eu não me importo nem um pouco agora! Eu amo a minha casa, amo meu trabalho, minha sogra, e amo você. Quanto aos bebês... eu bem que gostaria de ter uns seis!"

Ele olhou para aquele rosto corado, ansioso, tão encantador, e a abraçou.

"Se isso faz vocês todos tão felizes", disse, "acho que eu posso aguentar."

E, depois de alguns anos, alguém o ouviu dizer: "Essa coisa de casar e de ter filhos é uma coisa muito fácil... desde que se pegue o jeito!"

O coração do sr. Peebles

Ele estava deitado no sofá, na sala simples, pequena e parcamente mobiliada – e era um sofá duro, desconfortável, pequeno demais e encurvado nas extremidades, mas ainda assim um sofá, no qual uma pessoa podia, em uma emergência, dormir.

Era ali que dormia o sr. Peebles, naquela tarde quente. Era um sono inquieto, ele roncava um pouco e fazia pequenas caretas, como se alguma coisa obscura o incomodasse.

A sra. Peebles tinha descido as escadas, estalando os degraus, e saído à rua para fazer alguma coisa importante, usando um grande leque de folha de palmeira como arma e um guarda-sol de seda como instrumento de defesa.

"Por que você não vem também, Joan?", ela perguntara à irmã, enquanto se vestia para sair.

"Para quê, Emma? É muito mais confortável ficar em casa. Vou fazer companhia ao Arthur quando ele acordar."

"Ai, o Arthur! Ele vai voltar correndo para a loja assim que acordar do cochilo. E tenho certeza de que a palestra da sra. Older vai ser muito interessante. Se você for mesmo viver aqui, eu acho que deveria se interessar pelo clube."

"Vou viver aqui na qualidade de médica, não de madame diletante, Em. Mas vá, vá... Eu estou bem."

E, assim, a sra. Emma Peebles estava lá sentada no círculo do Clube Caseiro das Mulheres de Ellsworth, afiando sua inteligência, enquanto a dra. Joan R. Bascom descia silenciosamente para a sala de visitas, em busca de um livro que estivera lendo.

E lá estava o sr. Peebles, em seu sono inquieto. Joan se sentou com todo o cuidado em uma cadeira de balanço de bambu, perto da janela, e ficou olhando para ele – primeiro, profissionalmente, e depois com um profundo interesse humano.

Meio careca, grisalho, um pouco gordinho, tinha um rosto que, para os fregueses, exibia um sorriso amigável, mas que apresentava rugas fundas nos cantos da boca, assim que não havia mais ninguém para atender. Em seus cinquenta anos, Arthur Peebles era uma pessoa despojada no vestir, na postura e na aparência. Estava longe de ser "o escravo do amor" da lenda árabe, era o escravo do dever.

Se algum dia um homem cumpriu seu dever – segundo seu ponto de vista –, o sr. Peebles fora esse homem, sempre.

E seu dever, sempre segundo seu ponto de vista, era sustentar as mulheres. Primeiro, tinha sido sua mãe, uma mulher muito competente e tranquila, que cuidara da fazenda depois da morte do marido, aumentando a renda ao receber hóspedes no verão, mas isso até que Arthur tivesse idade suficiente "para sustentá-la". Então, ela vendeu a propriedade e se mudou para a cidade, "para fazer um lar para Arthur", que por acaso foi quem contratou uma empregada para fazer o serviço durante esse processo.

Arthur trabalhava na loja. E a mãe ficava sentada na praça, conversando com os vizinhos.

Ele tomou conta da mãe até quando estava perto de fazer trinta anos, e que foi quando ela morreu. Arthur então instalou outra mulher para compor seu lar – sempre com a ajuda de uma empregada. A mulher era a pessoinha bonita, avoada e dependente com a qual se casou, e que vinha há muito implorando por sua proteção e força – a mesma que continuava assim, dependente dele, até hoje.

Por um tempo, uma irmã viera morar com eles também. As duas filhas do casal finalmente se casaram com jovens e vigorosos maridos, nos quais, por sua vez, foram se pendurar. E agora o que restara para ele era cuidar da mulher, um fardo mais leve em comparação ao passado, pelo menos do ponto de vista numérico.

Ou Arthur estava cansado, muito cansado, ou eram as garras da sra. Peebles que tinham se tornado mais fortes, mais apertadas, mais tenazes com a idade. Mas Arthur não reclamava. Nunca passou pela cabeça dele, em todos aqueles anos, que um homem pudesse fazer outra coisa além de sustentar qualquer mulher que viesse abrigar-se sob sua proteção, do ponto de vista legal.

Se a dra. Joan também fosse, digamos, sustentável, ele a teria agregado à lista, alegremente, e isso porque gostava demais dela. Ela era uma mulher diferente de todas que Arthur conhecera, diferente da irmã como o dia da noite, e diferente, em um grau menor, de todas as mulheres que moravam em Ellsworth.

Joan havia saído de casa muito jovem, contra a vontade da mãe, praticamente fugida. Quando os comentários já tinham tomado conta de toda a província, e as pessoas já se perguntavam quem seria o homem culpado por aquilo, descobriu-se que Joan simplesmente tinha ido para a universidade. Ela construiu a própria vida, estudando mais e mais, muito mais do que constava do currículo, tornando-se uma bem treinada enfermeira e depois fazendo medicina e, afinal, tornando-se uma profissional de ótima reputação. Surgiram rumores de que ela estaria "bem de vida" e a ponto de "aposentar-se", enquanto outros diziam que talvez ela tivesse fracassado, caso contrário jamais teria voltado para se instalar em Ellsworth.

Fosse qual fosse a razão, ela estava ali, uma visitante bem-vinda, fonte de verdadeiro orgulho por parte da irmã, e de indescritível satisfação por parte do cunhado. O ar amigável de Joan fazia surgir em Arthur características há muito adormecidas: ele se lembrava de histórias engraçadas e de como contá-las; sentia surgir em si um interesse renovado por coisas do mundo, sentimento que julgava ultrapassado.

"Não é atraente, não impressiona, mas que homenzinho *bom...*", pensava Joan, enquanto o observava. Foi quando um dos braços dele escorregou do sofá, a mão batendo no chão, e ele acordou, sentando-se rapidamente, com um ar de quem foi flagrado faltando ao trabalho.

"Não se levante assim depressa, Arthur. Faz mal ao coração."

"Não tem nada de errado com meu coração, tem?", ele perguntou, sorrindo.

"Não sei... Eu não examinei você. Agora, fique aí quieto. Você sabe que não tem ninguém na loja a essa hora. E, se tiver, o Jake pode atender perfeitamente."

"Onde está Emma?"

"Ah, Emma foi ao clube, ou coisa parecida. Ela queria que eu fosse também, mas eu preferi ficar aqui para conversar com você."

Ele pareceu satisfeito, embora incrédulo, tendo em alta conta o Clube das Mulheres, ao contrário do que considerava a si próprio.

"Olha só", Joan começou, depois que o cunhado tinha se instalado em outra cadeira de balanço e se acomodado com uma bebida servida da coqueteleira. "O que você faria na vida se pudesse escolher?"

"Viajar!", respondeu o sr. Peebles, sem titubear. Ele percebeu a surpresa de Joan. "É, viajar, sim! Sempre quis viajar, desde que era garoto. Mas não consegui. Nunca conseguimos, sabe. E agora, mesmo que eu pudesse, Emma detesta viajar." E ele deu um suspiro de resignação.

"Você gosta de ser dono de loja?", Joan perguntou de repente.

"Se eu *gosto*?" E o sorriso que deu para ela era alegre, corajoso, mas escondia um sentimento de total desesperança. E ele balançou a cabeça, com gravidade. "Não, Joan, eu não gosto. Nem um pouco. Mas o que vou fazer?"

Os dois ficaram em silêncio por um tempo, e então Joan fez outra pergunta: "O que você teria abraçado, como profissão, se tivesse tido liberdade de escolha?"

A resposta de Arthur a surpreendeu por três motivos: por sua característica, pela rapidez com que foi dada, e pelo sentimento profundo que trazia. A resposta veio em apenas uma palavra: "Música!"

"Música", repetiu Joan. "Música! Nossa, mas eu não sabia que você tocava alguma coisa... ou que se interessava por isso."

"Quando eu era mais moço", disse ele, com o olhar distante, muito além da janela sombreada pela trepadeira, "meu pai trouxe para casa um violão e disse que quem aprendesse a tocar primeiro, ficaria com ele. Ele estava pensando nas meninas, claro. E, na verdade, quem aprendeu primeiro fui eu... mas não fiquei com ele. E foi esse todo o contato que eu tive com música." Acrescentou: "E não se tem muita coisa para ouvir por aqui, a não ser a música da igreja. Eu até teria uma vitrola, mas...", e ele deu um risinho envergonhado, "Emma diz que se eu aparecer com uma, ela quebra a marteladas. Ela diz que vitrolas são piores do que gatos. As pessoas têm gostos diferentes, você sabe..."

Deu mais um risinho, meio cômico, repuxado nos cantos dos lábios. "Bem, está na hora de voltar ao trabalho."

Joan o deixou ir, passando a se concentrar em suas próprias questões, com seriedade.

"Emma", disse ela, um ou dois dias depois, "o que você acha da ideia de eu alugar um quarto aqui na sua casa, de vir viver aqui, quero dizer, aqui mesmo?"

"Eu adoraria", respondeu Emma. "Não teria sentido você clinicar aqui na cidade e não morar comigo. Você é minha única irmã."

"Você acha que Arthur iria gostar?"

"Claro! Além disso, mesmo que não gostasse... você é *minha* irmã... e esta aqui é a minha casa. Ele botou tudo no meu nome, há muito tempo."

"Sei", disse Joan, "entendi."

E depois de um silêncio: "Emma, você é feliz?"

"Feliz? Ora, claro que sou. Seria um pecado se não fosse. As meninas estão bem-casadas... eu estou satisfeita pelas duas. Vivo em uma casa confortável, que funciona muito bem... minha Matilda é uma joia, como nunca houve outra igual. E ela não se importa em ter companhia... ela até gosta de servir. Claro, não tenho nada com que me preocupar..."

"Você tem uma saúde boa, disso eu não duvido", acrescentou a irmã, observando com aprovação o bom físico e os olhos vivos de Emma.

"É, sim, eu não tenho nada do que reclamar, sei disso muito bem", Emma admitiu. Mas entre as causas de sua gratidão ela nem sequer mencionou Arthur, e não pareceu estar nem pensando no assunto até que a dra. Joan, séria, perguntou pelo estado de saúde dele.

"Saúde? Do Arthur? Ora, ele está sempre muito bem. Nunca passou um dia doente na vida... exceto uma vez ou outra, quando teve uma espécie de colapso", acrescentou ela, depois de pensar um pouco.

*

A dra. Joan Bascom travou conhecimentos na pequena cidade, tanto social quanto profissionalmente. Começou a clinicar, herdando os clientes das mãos cansadas do dr. Braithwaite, seu primeiro amigo, e sentindo-se muito à vontade no antigo lar. Na casa da irmã havia disponíveis dois aposentos confortáveis no andar de baixo, além de um amplo quarto no de cima. "Tem muito espaço vago, agora que as meninas foram embora", o casal assegurou.

E então, devidamente abrigada e estabelecida, a dra. Joan começou uma campanha secreta para transformar as afeições do cunhado. Não em causa própria – claro que não! Se algum dia ela sentira necessidade de alguém a quem se unir, isso pertencia a um passado muito, muito distante. O que ela buscava era livrá-lo dos tentáculos – sem cair em outra prisão.

Comprou um espetacular *Gramophone*, junto com uma coleção de discos de primeira linha, e, com um sorriso, disse para a irmã que ela não precisava ouvir. Emma então ficava sentada, emburrada, na sala dos fundos do outro lado da casa, enquanto o marido e a irmã se deleitavam com a música. Com o tempo, ela acabou se acostumando e foi chegando mais perto, talvez sentando-se na varanda. Mas o fato é que Arthur desfrutava do prazer que lhe fora por tanto tempo negado.

Aquilo pareceu mexer com ele de uma forma estranha. Ele se levantava e caminhava, com um brilho novo nos olhos, com uma nova firmeza naquela boca antes paciente, e a dra. Joan ia botando mais lenha na fogueira, com conversas, livros e pinturas, estudando mapas e listas com rotas de navios, assim como anúncios sobre viagens econômicas.

"Não sei que graça vocês acham nessa história de música e compositores", Emma comentava. "Eu nunca dei muita importância para os outros países. E os músicos, no fim das contas, são todos estrangeiros..."

Arthur nunca discutia com ela. Só ficava quieto e perdia aquele brilho de interesse nos olhos, toda vez que ela falava do assunto.

Até que um dia, quando a sra. Peebles estava mais uma vez no clube, feliz e querendo mais, a dra. Joan fez um ataque direto aos princípios do cunhado.

"Arthur", perguntou, "você confia em mim como médica?"

"Claro", respondeu ele, de pronto. "Prefiro me consultar com você do que com qualquer outro médico."

"Você me deixaria fazer uma prescrição, se eu lhe falar que você está precisando de uma coisa?"

"Sem dúvida."

"E você obedeceria à prescrição?"

"Claro... por mais amarga que fosse."

"Pois muito bem. Minha prescrição é a seguinte: dois anos na Europa."

Ele olhou para ela, espantado.

"Estou falando sério. Você está com o estado de saúde muito pior do que pensa. Quero que você pare com tudo – e vá viajar. Por dois anos."

Ele continuava olhando para ela. "Mas Emma..."

"Não se incomode com Emma. Ela é a dona da casa. E tem dinheiro suficiente para se sustentar. Além disso, eu estou pagando pela hospedagem e isso é o bastante para que tudo continue funcionando. Emma não precisa de você."

"Mas a loja..."

"Venda a loja."

"Vender! Isso é fácil de falar. Quem vai querer comprar?"

"Eu quero. É sério... compro mesmo. Fazemos um contrato simples e eu tiro a loja do seu nome. Deve estar valendo uns sete ou oito mil dólares, não é? Incluindo o estoque?"

Ele aquiesceu, abobalhado.

"Bem, então eu compro. Você vai poder se sustentar muito bem por dois anos no exterior, com dois mil ou dois mil e quinhentos dólares, porque é um homem de gostos modestos. Você viu todos aqueles anúncios que nós lemos... dá para fazer sem qualquer problema. E você ainda terá cinco mil dólares e pouco para quando voltar... e pode investir em alguma coisa melhor do que aquela loja. Vamos fazer isso, então?"

Ele não parava de protestar e de criar impossibilidades.

E a dra. Joan retrucava com firmeza. "Bobagem! Você pode, sim. Ela não precisa de você, de jeito nenhum – mas talvez venha a precisar no futuro. Não, não, as meninas tampouco precisam de você... e talvez, no futuro, também isso venha a acontecer. Mas agora é hora de pensar em você. *Agora*. Dizem que os japoneses semeiam os carvalhos selvagens depois dos cinquenta anos. Quem sabe você não faz isso também? Não dá para ser assim tão selvagem com essa quantidade de dinheiro, mas você pode passar um ano na Alemanha, aprender a língua, ir à ópera, fazer caminhadas pelo Tirol... na Suíça; conhecer a Inglaterra, a Escócia, a Irlanda, França, Bélgica, Dinamarca... pode fazer muita coisa em dois anos."

Arthur olhava para ela, fascinado.

"Por que não? Por que não ter as rédeas do próprio destino uma vez na vida? Fazer o que *você* quer, não o que as outras pessoas esperam de você?"

Arthur murmurou alguma coisa a respeito de "dever" – mas Joan o enfrentou com firmeza.

"Se algum dia existiu um homem que cumpriu seu dever, Arthur Peebles, esse homem é você. Você cuidou de sua mãe quando ela era perfeitamente capaz de cuidar de si própria. Cuidou das irmãs, quando elas também já eram aptas há muito tempo. E cuidou de uma mulher, inteira de corpo e cabeça. Atualmente, ela não precisa de você neste mundo, nem um pouquinho."

"Espera aí, isso já é muito forte", ele protestou. "Emma ia sentir minha falta... Tenho certeza de que ela ia sentir minha falta."

A dra. Bascom olhou para ele, com afeição. "A melhor coisa que poderia acontecer a Emma, e por sinal a você, seria ela passar a sentir sua falta, de verdade."

"Eu tenho certeza de que ela nunca vai concordar com essa viagem", ele insistiu, ansioso.

"É aí que entra a vantagem da minha interferência", respondeu Joan, com toda a calma. "Você tem o direito de escolher seu médico, e seu médico está seriamente preocupado com sua saúde. E as ordens desse médico são que você viaje ao exterior. Repouso, mudança... e música."

"Mas Emma..."

"Ouça aqui, Arthur Peebles, esqueça Emma por enquanto... Deixe que eu cuido disso. E preste atenção, deixe que eu lhe diga mais uma coisa: essa mudança vai fazer muito bem para ela."

Arthur ficou olhando para Joan, bastante confuso.

"Estou falando sério. Com você longe, Emma vai ter a oportunidade de crescer. Suas cartas... falando dos lugares... isso vai interessá-la. Quem sabe ela não decide ir também, uma hora dessas? Tente."

Com esse argumento, ele vacilou. Aqueles que, com excesso de paciência, servem de estaca, às vezes subestimam as possibilidades da trepadeira.

"Não discuta o assunto com ela. Isso criaria um problema interminável. Prepare a papelada para que eu assuma a loja... Vou lhe dar um cheque. E você pega o próximo navio para a Inglaterra. Lá, você faz seus planos. E aqui está o endereço do banco que pode cuidar da sua correspondência e dos seus cheques..."

A coisa estava feita! Consumada, antes que Emma tivesse tempo de protestar. E, estando consumada, ela partiu para censurar a irmã.

Joan foi gentil, paciente, firme e obstinada.

"Mas *dessa forma*, Joan... o que as pessoas vão pensar de mim? Ser abandonada... desse jeito!"

"As pessoas vão pensar de acordo com o que falarmos para elas, e diante da forma como você se comportar, Emma Peebles. Se você disser simplesmente que Arthur não estava bem de saúde e que eu prescrevi para ele uma viagem ao exterior... e se você pensar menos em si mesma por um instante e demonstrar um natural cuidado para com ele... verá que isso não é problema algum."

E, para seu próprio bem, aquela mulher egoísta – tornada ainda mais egoísta pelo desapego do marido – aceitou a situação. Sim... Arthur tinha ido para o exterior por uma questão de saúde... a dra. Bascom estava muito preocupada com ele... havia a possibilidade de um colapso, segundo ela. Mas não foi uma coisa muito repentina? É... a médica mandou que ele fosse com urgência. Ele agora está na Inglaterra... vai fazer caminhadas... Ela não sabia quando ele iria voltar. A loja? Ele vendeu.

A dra. Bascom contratou um gerente competente, que administrou muito bem a loja, melhor do que se estivesse nas mãos do sr. Peebles. Ela tornou o negócio rentável, que no futuro ele compraria de volta, sem que aquilo se tornasse um fardo.

Mas a principal transformação se deu com Emma. Com conversa, com livros e com as cartas de Arthur sendo cuidadosamente complementadas com mapas; e também com viagens para ir ver as meninas, fazendo com que desaparecesse o medo de viajar; com o cuidado com a casa e a chegada de um ou dois inquilinos "para fazer companhia";

a dra. Joan não somente arou e revolveu o terreno agreste da mente de Emma, finalmente a coisa começou a querer dar frutos.

Quando embarcou, Arthur deixou para trás uma mulher obstinada e teimosa, que se agarrava a ele como se o marido fosse um veículo ou animal de carga necessário, sobre cuja situação, de serviço constante, não pensava.

Mas, quando voltou, Arthur se tornara um homem mais jovem, mais forte, elegante, alerta e vigoroso, com a mente expandida, renovada e estimulada. Tinha encontrado a si próprio.

E ele a encontrou também agradavelmente mudada, tendo desenvolvido, no lugar de meros tentáculos, pés em que se apoiar por conta própria.

E, quando a vontade de viajar o acometeu de novo, Emma achou que poderia ir junto, tendo-se provado, coisa surpreendente, uma agradável companheira de viagem.

Mas nenhum dos dois conseguiu jamais arrancar da dra. Bascom um diagnóstico definitivo sobre a doença que ameaçava o sr. Peebles. "Um crescimento perigoso do coração", foi tudo o que ela se comprometeu a dizer. E quando ele dizia que não estava sentindo mais nada, ela aquiescia, com gravidade, e dizia que o cunhado tinha "respondido bem ao tratamento".

O poder da viúva

James tinha vindo para o funeral, mas a mulher dele, não. Ela não podia deixar as crianças – foi o que alegou. Em particular, disse ao marido simplesmente que não iria. Não gostava de sair de Nova York, a não ser para ir à Europa, ou para as férias de verão. Uma viagem a Denver em novembro, para ir a um enterro – isso não lhe passava pela cabeça.

Ellen e Adelaide estavam lá: achavam que era um dever – mas nenhum dos dois maridos compareceu. O sr. Jennings não podia deixar de dar suas aulas em Cambridge, e o sr. Oswald não podia se afastar dos negócios em Pittsburgh – foi o que disseram.

A cerimônia terminou. Todos se reuniram depois, para um almoço frio, melancólico, e à noite iam pegar os trens de volta para suas casas. Antes disso, o advogado era esperado às quatro, a fim de ler o testamento.

"É só uma formalidade. Ela não deve ter deixado muita coisa", disse James.

"Não", concordou Adelaide. "Acho que não."

"Essas doenças prolongadas dilapidam as finanças", disse Ellen, e deu um suspiro. O marido dela tinha vindo para o Colorado alguns anos antes, por problemas no pulmão, e seu estado ainda era delicado.

"Bem", disse James, de forma abrupta, "e o que é que nós vamos fazer com mamãe?"

"Ora, mas claro que...", começou Ellen, "ela *poderia* vir morar conosco. Isso dependeria, em grande parte, do que restou da propriedade... quer dizer, e depende de ela querer também. O salário de Edward é mais do que suficiente hoje em dia." Os processos mentais de Ellen pareciam meio confusos.

"Claro que ela pode vir morar comigo, também, se preferir", atalhou Adelaide. "Mas não acho que seria bom para ela. Mamãe não gosta de Pittsburgh."

James olhou de uma para a outra.

"Deixe-me ver uma coisa: quantos anos mamãe tem?"

"Ah, ela já passou dos cinquenta", respondeu Ellen. "E está muito caída, eu acho. Muito tempo sob pressão, vocês sabem." E, virando-se para o irmão, foi direta: "Acho que com você ela ficaria muito mais confortável do que com qualquer uma de nós duas, James. Naquela sua casa enorme."

"Acho que uma mulher fica mais feliz vivendo ao lado do filho homem, do que com o marido da filha", acrescentou Adelaide. "Sempre achei isso."

"Isso é verdade, sim, muitas vezes", admitiu o irmão. "Mas depende..." E ele parou, enquanto as irmãs trocavam olhares. Elas sabiam muito bem do que dependia.

"Talvez, se ela viesse morar comigo, você pudesse ajudar de algum modo...", sugeriu Ellen.

"Claro, claro, eu faria isso, claro", James concordou, com alívio evidente. "Ela poderia se revezar entre vocês duas... por turnos... e eu pagaria pela hospedagem dela. Quanto vocês acham que isso iria custar? Nós podemos deixar tudo acertado logo."

"Hoje em dia a vida está muito cara", disse Ellen, um mapa de rugas finas surgindo em sua testa pálida. "Mas claro que seria apenas o ressarcimento pelas exatas despesas. Eu não ia querer *ganhar* nada..."

"Significa trabalho e cuidado, Ellen, não dá para negar. Você vai precisar de muita dedicação, já tendo de lidar com os achaques de seus filhos e de Edward. Já se ela vier ficar comigo, James, você não precisaria colaborar com nada, exceto para as despesas com roupas. Eu tenho espaço suficiente e o sr. Oswald não vai nem notar a diferença nas contas da casa. Ele só não gosta é de gastar dinheiro com roupa."

"Mas mamãe precisa receber tudo o que for necessário", declarou o filho. "Quanto você acha que ela precisaria gastar, por ano, com roupas?"

"Você sabe quanto sua mulher gasta", sugeriu Adelaide, com um risinho.

"Ah, não!" disse Ellen. "Isso não é critério. Maude é uma mulher de sociedade, você sabe muito bem. Mamãe *nem sonha* em ter um gasto igual ao dela."

James a encarou, agradecido. "Hospedagem... e roupas... tudo somado. Quanto você acha, Ellen?"

Ellen remexeu em sua bolsinha preta à procura de um pedaço de papel, mas não achou. James lhe estendeu um envelope e uma caneta-tinteiro.

"Comida... itens básicos de alimentação... custam hoje um total de quatro dólares por semana, para uma pessoa", disse. "E aquecimento, e luz, e serviços extras. Acho que seis dólares por semana seriam o mínimo, James. Já para roupas, despesas com condução e miudezas... eu diria, bem, trezentos dólares!".

"Isso daria mais de seiscentos dólares por ano", falou James, devagar. "Que tal se Oswald dividisse comigo, Adelaide?"

Adelaide ficou vermelha. "Acho que ele não concordaria, James. Claro que se fosse absolutamente necessário..."

"Dinheiro ele tem", disse o irmão.

"É, mas ele não ganha nada a não ser o que vem dos seus negócios... e agora ele sustenta os parentes. Não, não... eu posso trazê-la para morar comigo. Mas é só."

"Veja, James, você não teria de se dar ao trabalho, nem precisaria se preocupar", disse Ellen. "Nós, as mulheres, nos dispomos a trazê-la para morar conosco, enquanto sabemos que Maude não concordaria com isso. Então, se você ao menos pudesse dar o dinheiro..."

"Talvez tenha restado alguma coisa, no final", sugeriu Adelaide. "E este lugar aqui deve valer algum..."

Este lugar era uma extensão de terra montanhosa, a dezesseis quilômetros de Denver. O terreno incluía o leito seco de um rio e se estendia até o pé das montanhas. Da casa, a vista, caminhando no sentido de norte a sul, dava para as escarpas agudas das Rochosas, a oeste. A leste, espraiavam-se as vastidões da planície.

"Acho que dá para conseguir uns seis a oito mil dólares com isto aqui", concluiu James.

"Por falar em roupas", Adelaide falou, meio fora de contexto. "Notei que mamãe não comprou nenhuma roupa preta nova. Não me lembro de ela usar nenhuma outra cor."

"Mamãe está demorando muito", disse Ellen. "Talvez esteja precisando de alguma coisa. Vou até lá em cima ver."

"Não", disse Adelaide. "Ela falou que queria ficar sozinha... e descansar. Disse que só ia descer quando o sr. Frankland chegasse."

"Ela está se mostrando muito forte", disse Ellen, depois de um longo silêncio.

"Não é como uma dor de amor", Adelaide explicou. "Claro que papai tinha a melhor das intenções..."

"Ele foi um homem que sempre cumpriu seu dever", admitiu Ellen. "Mas nenhum de nós... nunca... nunca nenhum de nós o amou, realmente."

"Ele está morto e enterrado", disse James. "Vamos pelo menos respeitar sua memória."

"Nós mal conseguimos ver o rosto de mamãe... debaixo daquele véu preto", continuou Ellen. "Ela deve ter envelhecido muito. Tanto tempo cuidando de um doente."

"Mas ela teve ajuda no fim... de um enfermeiro", lembrou Adelaide.

"É, mas essas longas enfermidades são um desgaste horrível... e mamãe nunca foi boa em cuidar de doente. Mas ela sem dúvida cumpriu seu dever", ponderou Ellen.

"E agora tem o direito de descansar", disse James, levantando-se e caminhando pela sala. "Fico me perguntando quando é que vamos poder fechar o negócio, vender este lugar. Acho que dá para tirar daqui o suficiente para sustentar a mamãe, desde que o dinheiro seja bem aplicado."

Ellen olhou para fora, para as extensões de terra seca.

"Como eu detestava viver aqui!", disse.

"Eu também", disse Adelaide.

"Eu também", concordou James.

E trocaram entre si um sorriso melancólico.

"Ninguém aqui parece ser muito afeiçoado a mamãe", Adelaide admitiu, por fim. "Não sei por quê... acho que nunca fomos uma família carinhosa."

"Ninguém conseguia ser carinhoso com papai", sugeriu Ellen, timidamente.

"E a mamãe... ah, coitada da mamãe! Teve uma vida horrível."

"Mamãe sempre cumpriu seu dever", disse James, com determinação. "E o papai também, da maneira como ele encarava a questão. E agora vamos cumprir o nosso."

"Ah", exclamou Ellen, erguendo-se depressa. "Aí está o advogado. Vou chamar mamãe."

Subiu as escadas correndo e bateu na porta do quarto da mãe.

"Mãe, mãe! O sr. Frankland chegou."

"Eu sei", respondeu uma voz lá de dentro. "Diga a ele que comece e leia logo o testamento. Eu já sei o que o documento contém. Vou descer já."

Ellen desceu as escadas devagar – as rugas finas cruzando a testa pálida outra vez –, e transmitiu a mensagem da mãe.

Os outros dois se entreolharam, hesitantes, mas o sr. Frankland interveio.

"É natural, na presente circunstância. Lamento não ter podido ir ao funeral. Apareceu um caso hoje de manhã."

O testamento era curto. A propriedade deveria ser dividida entre os filhos em quatro partes iguais, duas para o filho homem e uma para cada uma das mulheres, depois de deduzida a parcela legal da mãe, se ela ainda fosse viva. Nesse caso, os filhos deveriam providenciar o sustento da mãe até o fim da vida. A propriedade, segundo a descrição, consistia do rancho, da casa, grande e larga, incluindo toda a mobília, e também gado e ferramentas, além de cinco mil dólares em ações de mineração.

"É menos do que eu pensava", disse James.

"Este testamento foi feito há dez anos", o sr. Frankland explicou. "Eu tenho trabalhado com o pai de vocês desde então. Ele permaneceu lúcido até o fim, e acredito que vocês vão ver que a propriedade sofreu uma valorização. A sra. McPherson tomou conta do rancho muito bem, pelo que percebo... e recebeu alguns inquilinos."

As duas irmãs se entreolharam, com tristeza.

"Agora tudo isso acabou", disse James.

Nesse instante, a porta se abriu e uma figura alta, toda de negro, coberta com um véu e um sobretudo, entrou na sala.

"Fico satisfeita em ouvi-lo dizer que o sr. McPherson permaneceu lúcido até o fim, sr. Frankland", disse a viúva. "É verdade. Eu não desci para ouvir a leitura desse testamento antigo. Ele não vale mais."

Todos se moveram em suas cadeiras.

"Há um testamento mais recente, senhora?", perguntou o advogado.

"Que eu saiba, não. O sr. McPherson não tinha mais nenhuma propriedade em seu nome quando morreu."

"Nenhuma? Mas, minha senhora, há quatro anos, pelo menos, ele tinha..."

"Sim, mas há três anos e meio ele passou tudo para mim. Aqui está a escritura."

E ali estava mesmo, era verdade... tudo formal, correto, muito simples e claro, na escritura. O sr. James R.

McPherson, pai, sem dúvida tinha passado para o nome da mulher toda a sua propriedade.

"Vocês devem se lembrar, aquele foi o ano do pânico", continuou ela. "Houve muita pressão sobre o sr. McPherson, por parte dos credores. Ele achou que seria mais seguro assim."

"Ah, sim... claro", respondeu o sr. Frankland. "Agora me lembro que ele chegou a se aconselhar comigo sobre isso. Mas eu achei que não havia necessidade."

James pigarreou.

"Bem, mãe, isso complica um pouco as coisas. Nós imaginávamos que fôssemos deixar todo o negócio resolvido hoje mesmo... com a ajuda do sr. Frankland... e levar você embora conosco."

"Nós não podemos perder mais tempo, sabe, mãe", acrescentou Ellen.

"Você não pode transferir a escritura de volta, mamãe?", sugeriu Adelaide, "Para o nome do James... ou de nós três, para que a gente possa ir embora?."

"E por que eu faria isso?"

"Mamãe, ouça uma coisa", começou Ellen, tentando ser persuasiva. "Nós sabemos o quão mal você está, sentindo-se nervosa e cansada, mas eu lhe disse hoje de manhã, quando nós chegamos, que pretendíamos levar você embora conosco. Você mesma já fez as malas..."

"É verdade, eu fiz as malas", respondeu a voz por trás do véu.

"Eu diria que foi mais seguro... botar a propriedade no seu nome, do ponto de vista técnico", admitiu James. "Mas acho que agora seria mais simples você passar para o meu nome de uma vez, e garanto que vou satisfazer todos os desejos expressos pelo papai."

"Seu pai está morto", disse a voz.

"É, mãe, nós sabemos como você se sente...", arriscou Ellen.

"Eu estou viva", disse a sra. McPherson.

"Mãe, querida, é muito cansativo falar sobre negócios em um momento como este. Nós sabemos disso." Era Adelaide, explicativa, mas já com um toque áspero na voz. "Mas nós dissemos, assim que chegamos, que não íamos poder ficar."

"E o negócio precisa ser decidido", James concluiu.

"Está decidido."

"Talvez o Sr. Frankland possa explicar melhor para você", continuou James, com paciência forçada.

"Não tenho dúvida de que a mãe de vocês está entendendo perfeitamente", murmurou o advogado. "Eu sempre a considerei uma mulher de inteligência notável."

"Muito obrigada, sr. Frankland. Talvez o senhor possa fazer com que meus filhos compreendam que esta propriedade... com tudo o que ela contém... agora me pertence."

"Sim, sem dúvida, sra. McPherson. Nós todos compreendemos isso. Mas imaginamos, é claro, que a senhora vá levar em conta os desejos do sr. McPherson no que diz respeito à divisão da propriedade."

"Eu tenho levado em conta os desejos do sr. McPherson há trinta anos", ela respondeu. "Agora vou levar em conta os meus. Eu cumpri meu dever desde o dia em que me casei com ele. Foram onze mil dias – *que se completam hoje*." Esta última frase foi dita com repentina intensidade.

"Mas, senhora, os seus filhos..."

"Eu não tenho filhos, sr. Frankland. Tenho aqui duas mulheres e um homem. Essas pessoas adultas que aqui estão, maduras, casadas, que têm, ou deveriam ter, seus próprios descendentes, já foram meus filhos. Eu cumpri meu dever para com eles, e eles para comigo... e continuariam a fazê-lo, não tenho dúvida." E o tom mudou bruscamente. "Mas não será preciso. Eu estou cansada de deveres."

Todos que estavam ali, ouvindo, ergueram os rostos, surpresos.

"Vocês não sabem como têm sido as coisas por aqui", continuou a voz. "Eu não quis preocupá-los com meus negócios. Mas agora vou lhes contar. Quando o pai de vocês achou conveniente passar a propriedade para o meu nome... a fim de salvá-la..., e quando ele percebeu que não teria muitos anos de vida, eu tomei a frente de tudo. Tive de contratar um enfermeiro para cuidar do pai de vocês, e também um médico para vir aqui. A casa se transformou em uma espécie de hospital, então eu a tornei algo mais que isso. Recebi meia dúzia de pacientes, e enfermeiros, aqui – e ganhei dinheiro assim. Eu cuidava do quintal, do gado, criava minhas galinhas, trabalhava do lado de fora, dormia do lado de fora. Sou hoje uma mulher forte, mais do que jamais fui na vida!"

Ela se levantou, alta, forte, coluna reta, e deu um suspiro fundo.

"A propriedade do pai de vocês foi avaliada em cerca de oito mil dólares com a morte dele", continuou. "Isso daria dois mil dólares para James e mil dólares para cada uma das moças. É o que posso dar a vocês agora mesmo... a cada um de vocês... nominalmente. Mas se minhas filhas quiserem um conselho meu, seria melhor que elas me deixassem mandar a quantia correspondente a cada ano... em dinheiro... para que elas gastem no que quiserem. É sempre bom para uma mulher ter o seu próprio dinheiro."

"Acho que você tem razão, mamãe", disse Adelaide.

"É, sem dúvida", murmurou Ellen.

"Mas você não precisa de dinheiro, mãe?", perguntou James, tomado por uma súbita ternura por aquela figura de preto, imóvel.

"Não, James. Eu vou ficar com o rancho, sabe. Tenho pessoas de confiança para me ajudar. Tenho tido um lucro de dois mil dólares por ano, líquido, até agora, com a propriedade. E acabo de alugá-la a uma médica amiga minha, uma mulher, doutora."

"Acho que a senhora tem se saído muito bem, sra. McPherson, excepcionalmente bem", disse o sr. Frankland.

"E você vai ter uma renda de dois mil dólares por ano", falou Adelaide, incrédula.

"Você vai vir morar comigo, não vai?", testou Ellen.

"Agradeço, minha querida. Mas não vou, não."

"Você seria mais do que bem-vinda na minha casa, que é espaçosa", disse Adelaide.

"Não, obrigada, querida."

"Eu não tenho dúvida de que Maude ficaria feliz em tê-la conosco", ofereceu James, um pouco hesitante.

"Mas eu tenho. Tenho muitas dúvidas. Não, muito obrigada, querido."

"Mas, então, o que é que você vai *fazer*?"

Ellen parecia genuinamente preocupada.

"Vou fazer o que nunca fiz antes. Vou *viver*!"

Com passos rápidos, firmes, a figura longilínea foi até a janela e abriu as cortinas, que estavam baixadas. O belo sol do Colorado inundou a sala. E ela arrancou o véu negro.

"Isto é emprestado", disse. "Não queria ferir os sentimentos de vocês, no funeral."

Ela desabotoou o longo sobretudo escuro e deixou-o cair a seus pés. Ficou ali, de pé, banhada de sol, corada e ostentando um leve sorriso, vestida com uma bem talhada roupa de viagem, de várias cores.

"Se querem saber quais são os meus planos, eu vou lhes dizer. Tenho seis mil dólares guardados. Foi o que poupei com os lucros da propriedade em três anos... com meu rancho-hospital. Mil dólares eu botei no banco, para ser usado no meu traslado de volta de qualquer lugar do mundo, e para me internar em uma casa para senhoras, caso isso seja necessário. E aqui está meu contrato com uma empresa de cremação. Eles devem me trazer, se for preciso, e dispor dos meus despojos... caso contrário, não recebem o dinheiro. Mas ainda me restaram cinco mil dólares com os quais posso brincar... e vou brincar."

As filhas pareciam chocadas.

"Mas, mãe..."

"Na sua idade..."

James esticou o lábio inferior e ficou parecido com o pai.

"Eu sabia que vocês não iam entender", ela continuou, com mais suavidade. "Mas isso não tem mais importância. Eu dei a vocês trinta anos... a vocês e ao pai de vocês. Agora, quero trinta anos só para mim."

"Mas você... você... tem certeza de que está bem, mamãe?". Ellen parecia realmente aflita.

A mãe deu uma boa risada.

"Bem, muito bem... nunca estive melhor. Tenho feito negócios até hoje – isso mostra a minha saúde. Não há qualquer dúvida sobre a minha sanidade, meus queridos! Vocês precisam se conscientizar de que a mãe de vocês é uma Pessoa Real, com seus próprios interesses e ainda metade de uma vida pela frente. Os primeiros vinte não contaram muito... eu estava crescendo e não tinha controle de nada. Os últimos trinta têm sido... duros. James talvez possa entender isso melhor que vocês, mulheres, mas todos sabem muito bem. E agora eu estou livre.”

“E *para onde* você pretende ir, mãe?”, perguntou James.

Ela olhou para todos que compunham o pequeno círculo à sua frente e, com um ar sereno, respondeu.

“Para a Nova Zelândia. Sempre tive vontade de ir lá.” E continuou: “Agora eu vou. E para a Austrália... e a Tasmânia... e Madagascar... e à Terra do Fogo. Vou ficar longe por um bom tempo.”

E eles se separaram naquela mesma noite – três em direção ao leste, e uma para oeste.

Herland, a Terra das Mulheres (extratos)

[DO CAPÍTULO *UMA HISTÓRIA SINGULAR*]

E foi isso o que aconteceu, segundo elas:

Quanto à geografia – no tempo da Era Cristã, esta terra aqui tinha uma saída para o mar. Não vou dizer onde, por uma boa razão. Mas havia uma passagem de fácil acesso através da parede de montanhas atrás de nós. Não tenho dúvida de que essas pessoas são de extração ariana e que um dia tiveram contato com a mais alta civilização do velho mundo. Elas eram "brancas", embora mais morenas do que nossas raças do norte, devido à sua constante exposição ao sol e ao ar livre.

O país era então muito maior, incluindo muita terra que ficava do outro lado da passagem, assim como um trecho do litoral. Eles possuíam navios, comércio, um exército, um rei – porque naquela época o povo era o que elas calmamente nos definem como: uma raça bissexual.

O que aconteceu com eles foi, a princípio, apenas uma sucessão de desastres históricos, como os que já acometeram muitas outras nações. Foram dizimados pela guerra, expulsos do litoral, e afinal a população, reduzida, com muitos homens mortos nas batalhas, ocupou esse trecho do interior, que eles defenderam por muitos anos, nas passagens das montanhas. Nos pontos em que havia flancos, onde poderiam ocorrer ataques vindos de baixo, eles reforçaram as defesas naturais, até que estas se tornassem invioláveis e seguras, que foi como as encontramos.

Eram uma tribo polígama, e escravocrata, como todas em sua época. E, por uma ou duas gerações, quando se travava essa luta para defender o território na montanha, esse povo construiu fortalezas, como essa em que fomos presos, e outras construções antigas, muitas das quais ainda são usadas. Nada, a não ser um terremoto, seria capaz de destruir essa arquitetura: são blocos sólidos, imensos, mantidos de pé por seu próprio peso. Eles deviam ter trabalhadores eficientes, e em grande quantidade, naquele tempo.

Lutaram bravamente para sobreviver, mas nenhuma nação consegue fazer frente ao que as companhias de navegação chamam de "ato de Deus". Enquanto o exército inteiro estava lutando para defender o caminho na montanha, ocorreu uma erupção vulcânica, provocando tremores de terra, e o resultado foi o bloqueio completo da passagem – a única saída que havia. No lugar da passagem, uma nova cordilheira, alta, a prumo, ergueu-se entre eles e o mar. Foram aprisionados e, do outro lado da muralha, estava todo o pequeno exército da tribo. Poucos homens sobreviveram, a não ser os escravos. E estes, aproveitando a chance, se revoltaram, mataram os senhores que restavam, até mesmo os mais jovens. Mataram também as mulheres mais velhas, e as mães, com o intuito de tomar posse da tribo, ficando com as moças jovens e as meninas.

Mas essa sucessão de desastres foi demais para aquelas virgens enfurecidas. Elas eram muitas, enquanto os novos senhores eram poucos. E, assim, as jovens, em vez de se submeterem, revoltaram-se e, em total desespero, mataram seus brutais conquistadores.

Isso soa como *Tito Andrônico*, eu sei, mas é o que elas contam. Acho que elas estavam fora de si – quem pode culpá-las?

Não sobrou ninguém neste belo planalto ajardinado, a não ser um bando de garotas histéricas, além de umas poucas servas mais velhas.

Isso aconteceu há dois mil anos.

A princípio, houve um período de desespero total. As montanhas as salvaguardavam de seus antigos inimigos, mas também as impediam de escapar. Não havia como subir nem descer – elas simplesmente tinham de continuar onde estavam. Algumas pensaram em suicídio, mas não a maioria. Deviam ser um bando de meninas corajosas, decididas a viver – e viveram. Claro que tinham esperança, como é próprio dos jovens, de que alguma coisa aconteceria e transformaria seu destino.

Então, começaram a trabalhar, a enterrar os mortos, a arar e semear a terra, a cuidar umas das outras.

Bem, aquele primeiro grupo de garotas se pôs ao trabalho, a fim de limpar o lugar e tornar a vida delas o melhor possível. Algumas das servas que restaram prestaram um serviço valioso, ensinando o que podiam. Elas tinham alguns registros de como eram feitos os trabalhos, das ferramentas e instrumentos daquela época, e dispunham de uma terra muito fértil.

Havia ainda uma dúzia de matronas jovens, que tinham escapado da morte, e uns poucos bebês nascidos depois da catástrofe – mas apenas dois deles eram meninos, e ambos morreram.

Por cinco ou dez anos elas trabalharam unidas, tornando-se mais sábias e mais fortes, e mais entrosadas umas com as outras, até que o milagre aconteceu: uma das jovens deu à luz uma criança. Claro que todas pensaram que devia haver um homem em algum lugar, mas nenhum foi encontrado. Então elas concluíram que tinha sido uma bênção divina e assentaram a mãe orgulhosa no Templo de Maaia – a Deusa da Fecundidade –, sob estrita vigilância. Ali, os anos se passaram, e essa mulher-maravilha deu à luz outros bebês, cinco ao todo – todas, meninas.

Tendo tido sempre interesse em sociologia e psicologia social, eu fiz o possível para reconstruir mentalmente a verdadeira situação dessas mulheres ancestrais. Havia quinhentas ou seiscentas delas, que tinham sido educadas em haréns. No entanto, pelas gerações que se seguiram, elas se desenvolveram na atmosfera dessa luta heroica, o que sem dúvida deve tê-las tornado mais fortes. Deixadas sozinhas naquela orfandade terrível, tinham-se agarrado umas às outras, ajudando-se mutuamente e a suas irmãzinhas, e, sob a tensão das novas necessidades, desenvolvendo poderes desconhecidos. Para aquele grupo, calejado pela dor e fortalecido pelo trabalho, que tinha perdido não apenas o amor e o cuidado dos parentes, mas também a esperança de ter seus próprios filhos, surgia agora uma nova esperança.

Ali estava, afinal, a maternidade, e embora aquilo não fosse para todas, poderia – caso aquele poder fosse passado hereditariamente – significar o surgimento de uma nova raça.

Dá para imaginar como foram criadas aquelas cinco Filhas de Maaia, as Crianças do Templo, Mães do Futuro – elas possuíam todos os títulos que o amor, a esperança e a reverência são capazes de dar. Toda a pequena nação de mulheres as cercava de permanentes cuidados e aguardava, em meio a esperanças e aflições sem fim, para ver se todas elas também se tornariam mães.

E se tornaram! Assim que alcançavam a idade de vinte e cinco anos, começavam a engravidar. Cada uma delas, assim como a mãe, deu à luz cinco meninas. Até que um dia já eram vinte e cinco Novas Mulheres, as Mães de direito, e com isso todo o espírito da tribo se transformou, passando do luto e da resignação corajosa para uma alegria cheia de orgulho. As mulheres mais velhas, aquelas que tinham recordação dos homens, acabaram morrendo. As mais jovens, ainda das primeiras gerações, também morreram depois de um tempo, claro. E a essa altura já havia cento e cinquenta e cinco mulheres partenogenéticas, fundando assim a nova raça.

Elas herdaram, daquelas mulheres originais que desapareciam, todo o cuidado e devoção que poderiam receber. Seu pequeno país estava a salvo. Suas fazendas e jardins em plena produção. As manufaturas que elas podiam ter estavam em ordem. Os registros do passado foram preservados e, durante anos, as mulheres mais velhas se dedicaram a ensinar o que fosse possível, de forma a deixar o grupo de irmãs e mães com o máximo de conhecimento e sabedoria acumulados.

E aí está o nascimento de Herland, a Terra das Mulheres! Uma família – toda ela descendendo de apenas uma mãe!

*

[DO CAPÍTULO *COMPARAÇÕES SÃO TERRÍVEIS*]

E aí está. Sabe, elas eram mães, não no sentido que conhecemos, de uma fecundidade indesejada e involuntária, forçada a povoar e repovoar a terra, todas as terras, para depois ver as crianças sofrendo, pecando e morrendo, lutando horrivelmente entre si. Mas, sim, no sentido de criadoras conscientes de pessoas. O amor materno entre elas não era uma paixão bruta, um mero "instinto", um sentimento puramente pessoal. Era uma religião.

Incluía uma noção de irmandade ilimitada, aquela grande união no trabalho, que para nós era tão difícil de compreender. Era algo nacional, racial, humano... ah, eu não sei como definir.

Estamos acostumados a ver aquilo que chamamos de "mãe" como alguém completamente envolvida por seu pequeno embrulho cor-de-rosa, tendo apenas o mínimo interesse teórico pelo filho dos outros, e menos ainda interesse pelas necessidades comuns *de todas* as crianças. Mas aquelas mulheres trabalhavam juntas para o maior dos objetivos – fazer pessoas – e o faziam muito bem.

✶

[DO CAPÍTULO *AS GAROTAS DE HERLAND*]

Toda a entrega e devoção que nossas mulheres dedicam a suas próprias famílias, essas mulheres canalizavam para seu país e sua gente. Toda a lealdade e dedicação que os homens esperam encontrar em suas esposas, elas ofereciam, não a um homem só, mas a todas as mulheres como uma coletividade.

E o instinto materno, para nós tão doloroso e intenso, tão maculado por condições, tão concentrado na devoção pessoal para uns poucos, tão ferido pela amargura da morte, da doença, da esterilidade, ou mesmo pelo simples crescimento da criança, deixando a mãe sozinha em seu ninho vazio – todos esses sentimentos ali se transformavam em uma corrente forte, potente, inquebrantável, entre as gerações, aprofundando-se e alargando-se através dos anos, e incluindo todas as crianças do país inteiro.

Com seu poder e sabedoria unidos, elas tinham estudado e vencido as "doenças infantis" – suas crianças não ficavam doentes.

Tinham encarado os desafios da educação e conseguido resolvê-los, de maneira que as meninas cresciam naturalmente, como as árvores. Aprendendo através de cada um dos sentidos. Sendo continuamente ensinadas, mas de forma inconsciente – sem que se dessem conta de que estavam sendo instruídas.

*

[DO CAPÍTULO *NOSSAS RELAÇÕES E AS DELAS*]

Passar um dia observando um dos jardins de infância delas é algo que nos faz mudar para sempre de ponto de vista, no que diz respeito à educação infantil. Os mais novinhos, aqueles bebês rosados e rechonchudos nos colos das mães, ou dormindo serenamente nos ambientes com cheiro de flor, pareciam normais, exceto pelo fato de que nunca choravam. Nunca ouvi uma criança chorar enquanto estive em Herland, salvo uma ou duas vezes em razão de uma queda feia. E, nesses casos, todos corriam para ajudar, do mesmo modo que nós fazemos diante de um grito de agonia de um adulto.

Cada mãe tem seu ano de glória. Tempo para amar e aprender, vivendo ao lado do bebê, amamentando-o com todo orgulho, às vezes até por dois anos ou mais. Essa talvez fosse a razão para o incrível vigor das crianças.

Mas, depois daquele primeiro ano do bebê, a mãe já não era mais tão solicitada para os cuidados da criança, a não ser, claro, que o trabalho dela fosse mesmo o de lidar com os pequenos. Ela tampouco ficava muito distante, e era bonito ver sua atitude para com as co-mães, estas que estavam trabalhando o tempo todo com as crianças.

Quanto aos bebês, propriamente, eram uma visão de felicidade infantil como nunca sonhei em ver: todos fofinhos, nus, brincando sobre uma relva de veludo bem-varrida; ou sobre tapetes macios; ou em piscininhas rasas, de água muito límpida; ou rolando juntos com sua gargalhada infantil.

Os bebês eram criados na parte do território com clima mais quente, sendo aos poucos aclimatados às regiões de maior altitude, e mais frias, à medida que cresciam.

As crianças de dez ou doze anos, já fortes, brincavam na neve com a mesma alegria que as nossas. E sempre eram organizadas excursões para elas, a diversos pontos do país, de forma que todo o território se tornasse um lar para elas.

A terra lhes pertencia, para que aprendessem sobre ela e a amassem, usassem e servissem. E assim como nossos meninos planejam se tornar "um bravo soldado" ou "um caubói", ou qualquer outra fantasia, e nossas meninas sonham com o tipo de casa em que viverão e com quantos filhos querem ter, aquelas crianças ali falavam, conversando com muita liberdade e alegria, sobre o que fariam pelo país quando crescessem.

E foi essa felicidade das crianças e das jovens daquele país que primeiro me fez pensar sobre como são tolas nossas ideias – a noção de que, quando a vida é serena e feliz, as pessoas não conseguem desfrutá-la. À medida que eu analisava aquelas criaturinhas jovens, vigorosas, contentes, energéticas, e seu apetite voraz pela vida, sentia de tal forma meus antigos conceitos se abalarem, que eles jamais puderam ser restabelecidos. Os níveis estáveis de boa saúde davam a elas um estímulo natural, ao qual chamamos de "espírito animal" – o que é uma estranha contradição em termos. Aquelas jovens se descobriam em um ambiente que era agradável e interessante, vendo diante de si muitos anos de aprendizado e descobertas, em um fascinante e interminável processo de educação.

O papel de parede amarelo

Não é comum que pessoas simples como John e eu aluguem um casarão antigo para o verão. Uma mansão colonial, uma propriedade de família, eu diria mesmo uma casa mal-assombrada; alcançando assim o clímax da felicidade romântica – isso já seria pedir demais do destino!

Mas devo orgulhosamente declarar que há qualquer coisa de estranho nela.

Caso contrário, por que seria oferecida por um preço tão baixo? E, também, por que teria ficado tanto tempo desocupada?

John ri de mim, é claro, mas isso é previsível em qualquer casamento. John é um homem prático ao extremo. Não tem paciência com questões de fé, nutre um horror absoluto às superstições e debocha abertamente de qualquer coisa que não possa ser vista e tocada e reduzida a números.

John é médico e *talvez* (jamais confessaria isso a alguém de carne e osso, mas a matéria morta do papel é um alívio para minha consciência) – *talvez* esta seja uma das razões pelas quais estou demorando a me curar.

Sabe, ele não acredita que estou doente!

E o que se pode fazer?

Se um médico altamente conceituado, sendo seu marido, garante aos amigos e parentes que na verdade você não tem nada e que sofre apenas de uma depressão nervosa temporária – com leve tendência para a histeria –, o que se há de fazer?

Meu irmão também é médico, igualmente conceituado, e afirma a mesma coisa.

Sendo assim, eu tomo fosfatos ou fosfitos – seja lá o que for – e tônicos, e faço caminhadas, tomo ar e me exercito, sendo proibida de "trabalhar" até que esteja boa outra vez.

Pessoalmente, discordo das ideias deles.

Pessoalmente, acho que um trabalho adequado, com entusiasmo e variedade, me faria bem.

Mas o que se pode fazer?

Apesar deles, eu andei escrevendo por um tempo. Mas a verdade é que *fico mesmo* exausta – já que tenho de agir de forma tão dissimulada, para não enfrentar forte oposição.

Às vezes acho que, estando adoentada, se eu sofresse menos pressões e tivesse maior convívio e estímulo... Mas John afirma que a pior coisa que posso fazer é ficar pensando na minha condição, e devo confessar que isso faz mesmo com que eu me sinta pior.

Por isso vou deixar para lá e falar sobre a casa.

Que lugar lindo! É bastante isolada, ficando muito afastada da estrada e a mais de quatro quilômetros do vilarejo. Ela me faz pensar naqueles casarões ingleses sobre os quais costumamos ler, porque tem sebes e muros e portões que se trancam, além de inúmeras pequenas construções para os jardineiros e as pessoas todas.

Tem um jardim *adorável*! Nunca vi nada igual – é grande e sombreado, cheio de aleias cercadas de canteiros, cobertas por parreiras, e com bancos sob elas.

Havia estufas também, mas hoje estão em ruínas.

Houve um problema legal, parece, alguma coisa sobre briga entre herdeiros. Seja como for, o lugar ficou vazio durante anos.

Temo que isso destrua minha teoria sobre fantasmas, mas não me importo – continuo achando que a casa tem alguma coisa estranha. Eu sinto.

Cheguei a comentar isso com John em uma noite de lua, mas ele garantiu que o que eu estava sentindo era um vento encanado – e fechou a janela.

Às vezes, sem qualquer razão, fico furiosa com John. Tenho certeza de que nunca antes fui tão sensível. Acho que é por causa do problema nervoso.

Mas John diz que, se eu me sinto assim, não terei suficiente autocontrole. Então eu me esforço para me controlar – pelo menos na frente dele – e é isso que me deixa tão cansada.

Não gosto nem um pouco do nosso quarto. Queria um quarto no andar térreo, que desse para a *piazza* e tivesse a janela cercada de rosas, além de umas cortinas antigas, lindas, de *chintz*! Mas John não quis nem saber.

Disse que ali só havia uma janela e não tinha espaço suficiente para duas camas, e também que não havia um quarto adjacente, caso ele precisasse.

Ele é muito gentil e amoroso e raramente deixa que eu faça alguma coisa que não tenha sido prescrita.

Tenho uma tabela para cada hora do dia. Ele tira qualquer responsabilidade das minhas mãos, e me sinto ingrata por não dar a isso o devido valor.

John diz que viemos para cá só por minha causa, que eu preciso ter descanso absoluto e respirar ar puro. "Para fazer exercício, você depende de força, meu bem", diz ele, "e para comer depende, de certa forma, do apetite. Mas ar você pode absorver o tempo todo." E foi assim que ficamos com o quarto das crianças, no andar de cima.

É um quarto grande e arejado, ocupando quase todo o pavimento superior, com janelas dando para todas as direções, com ar e sol de sobra. Foi, primeiro, um quarto de crianças, depois, quarto de brinquedos e de jogos, imagino, porque as janelas têm barras de proteção, e nas paredes há argolas e coisas do gênero.

A pintura e o papel de parede sugerem que o lugar tenha sido usado como um colégio de meninos. O papel está todo arrancado, com falhas enormes na cabeceira da minha cama, até onde consigo alcançar, assim como em uma grande área do lado oposto, junto ao rodapé. Nunca na vida vi um papel de parede mais horrível.

Ele tem um daqueles padrões exagerados, capazes de cometer todos os pecados artísticos.

São desenhos tão monótonos que olhar para eles nos confunde a vista, mas berrantes o suficiente para irritar e nos provocar a observá-los, e, quando seguimos suas curvas tortas e incertas por algum tempo, de repente, eles cometem suicídio – mergulhando nos mais ultrajantes ângulos e destruindo a si próprios em contradições inéditas.

A cor é repelente, quase revoltante. Um amarelo sujo e esfumaçado, que esmaece de forma estranha à medida que o sol caminha.

Em alguns pontos, é de um laranja insípido, lúgubre; em outros, é de uma tonalidade sulfúrica doentia.

Não me surpreende que as crianças o detestassem tanto! Eu também o odiaria se tivesse de viver por mais tempo neste quarto.

John está vindo, e preciso guardar isto... ele não quer me ver escrevendo uma linha.

*

Estamos aqui há duas semanas, e não tinha tido vontade de escrever desde aquele primeiro dia.

Estou sentada agora perto da janela, neste horrendo quarto de criança, e não há nada que me impeça de escrever à vontade, a não ser a falta de força.

John fica fora o dia todo, às vezes até mesmo à noite, quando está atendendo algum caso mais grave. Ainda bem que meu caso não é grave! Mas esses problemas nervosos deixam qualquer pessoa deprimida.

John não tem ideia do quanto realmente estou sofrendo. Ele sabe que não há nenhuma razão para sofrimento, e isso o satisfaz.

Claro que é apenas nervoso. E eu me ressinto muito por não poder fazer nenhuma das minhas obrigações.

Queria tanto ser útil ao John, dar a ele descanso e conforto, e aqui estou, como se já fosse um fardo.

Ninguém sabe o quanto tenho de me esforçar para fazer o pouco que faço – vestir a roupa, receber pessoas e coisas assim.

Ainda bem que Mary é tão boa para o bebê. Um bebê tão lindo!

E, contudo, *não consigo* mantê-lo comigo, fico tão nervosa.

Imagino que John nunca tenha tido problemas nervosos. Ele ri tanto de mim quando falo sobre o papel de parede amarelo!

No início, ele pensou em mandar trocar o papel de parede, mas depois disse que eu estava me deixando dominar pela coisa e que não há nada pior para um paciente de doenças nervosas do que se deixar levar por esse tipo de fantasia.

Segundo ele, depois que o papel de parede fosse trocado, eu implicaria com a cabeceira da cama, depois com as grades nas janelas, e depois com o portão no alto da escada, e assim por diante.

"Você sabe que este lugar está lhe fazendo bem", disse ele, "e, querida, não vou reformar a casa que alugamos por apenas três meses."

"Então, vamos mudar para o andar de baixo", retruquei, "lá tem tantos quartos bonitos..."

Ele me abraçou e disse que eu era um bichinho adorável e que por mim iria parar até no porão, e ainda mandaria pintar as paredes de branco, como parte da barganha.

Mas ele tem razão a respeito da cama e das janelas e das outras coisas.

O quarto é confortável e arejado, é tudo que se poderia desejar, e claro que eu não iria incomodar John por causa de um capricho.

Na verdade, estou gostando cada vez mais deste quarto enorme – não fosse pelo horrível papel de parede.

De uma das janelas, posso ver o jardim, o arvoredo frondoso, cheio de mistério, as flores que crescem desordenadas, à maneira antiga, os arbustos, as árvores nodosas.

De outra, tenho uma linda vista da baía e de um pequeno cais, que pertence à propriedade. Há uma bela aleia, sombreada, que leva da casa até lá. Sempre finjo que estou vendo pessoas caminhando por todas essas aleias e sob o arvoredo, mas John já me alertou que não devo de maneira alguma dar asas à fantasia. Ele diz que, com minha forte imaginação e com o hábito que tenho de contar histórias, uma fraqueza nervosa como a que estou enfrentando pode levar a fantasias exageradas, e comenta que devo usar toda minha força de vontade e bom senso para não deixar isso acontecer. Por isso, eu tento.

Às vezes acho que, se estivesse boa o suficiente para escrever um pouco, poderia diminuir a pressão provocada pelas ideias, e isso me aliviaria.

Mas, quando tento, sinto-me muito cansada.

É tão desestimulante não ter ninguém para dar conselhos sobre meu trabalho e me fazer companhia. Quando eu ficar boa, John diz que vamos convidar os primos Henry e Julia para uma visita prolongada. Mas, por enquanto, ele diz que acharia melhor botar fogos de artifício no meu travesseiro do que chamar pessoas tão estimulantes para ficar conosco.

Eu queria ficar boa logo.

Mas não devo pensar nisso. Esse papel me observa como se *soubesse* a influência maléfica que tem sobre mim!

Há um padrão que se repete no desenho, pendendo como um pescoço quebrado e com dois olhos esbugalhados que me olham de cabeça para baixo.

Fico sem dúvida furiosa com a impertinência e a onipresença dele. Para cima e para baixo, e também para os lados, ele se esgueira, e esses olhos absurdos, que não piscam nunca, estão por toda parte. Há um ponto em que duas folhas estão desencontradas, e os olhos sobem e descem a linha, um deles um pouco mais alto que o outro.

Nunca na vida vi uma expressão assim em uma coisa inanimada, e todos sabemos o quão expressivos os objetos podem ser! Quando eu era pequena, gostava de ficar acordada e tirava mais diversão e terror das paredes vazias e dos móveis comuns do que qualquer criança tiraria de uma loja de brinquedos.

Lembro-me da piscadela gentil que davam os puxadores da nossa escrivaninha, que era antiga, enorme, e lembro-me também de uma cadeira que sempre me pareceu uma amiga musculosa.

Eu sentia que, se qualquer um dos outros objetos de repente ficasse violento, eu poderia pular no colo daquela cadeira e ficar em segurança.

Mas os móveis deste quarto são meio deslocados, porque tivemos de trazê-los lá de baixo. Acho que quando isto foi transformado em sala de brinquedos tiveram de tirar tudo o que pertencia ao quarto das crianças. Não admira! Nunca vi estragos tão grandes como os que as crianças fizeram por aqui.

O papel de parede, como já disse, foi rasgado em vários pontos e olhe que ele é muito bem colado – eles devem ter tido perseverança, além de ódio.

O assoalho é todo arranhado, arrancado, lascado, a própria argamassa foi tirada aqui e ali, e esta cama enorme e pesada, único móvel que encontramos no quarto, parece ter enfrentado as guerras.

Mas não me importo nem um pouco – exceto pelo papel de parede.

Aí vem a irmã de John. Tão boa moça, e tão gentil comigo! Não posso deixar que me veja escrevendo.

Ela é uma dona de casa perfeita, cheia de entusiasmo, e não almeja mais nada na vida. Tenho certeza de que pensa que estou assim por escrever!

Mas posso escrever quando ela tiver saído, depois de observá-la afastar-se, dando-lhe adeus da janela.

Há uma janela que dá para a estrada, a bela, sinuosa e sombreada estrada, e outra que se debruça sobre os campos. Campos maravilhosos, também, cheios de grandes olmos e de prados aveludados.

Esse papel de parede tem uma espécie de subpadrão, com uma tonalidade diferente, particularmente irritante, porque só aparece sob determinada luminosidade, e mesmo assim não de forma clara.

Mas nos pontos em que ele não está desbotado, quando o sol incide diretamente sobre ele, então... vejo uma espécie de figura, amorfa, estranha, desafiadora, que parece esgueirar-se por trás do desenho principal, este banal e conspícuo.

Atenção, irmã na escada!

*

Bem, acabou-se o feriado de 4 de julho! As pessoas já se foram todas e eu estou exausta. John achou que um pouco de companhia me faria bem, então tivemos mamãe, Nellie e as crianças aqui durante uma semana.

Claro que não precisei fazer nada. Jennie cuida de tudo agora.

Mas fiquei cansada assim mesmo.

John diz que se eu não melhorar logo, terá de me mandar para uma consulta com Weir Mitchell no outono.

Mas eu não quero ir de jeito nenhum. Tenho uma amiga que se tratou com ele e me disse que ele é como John e meu irmão, só que pior!

Além disso, é uma trabalheira danada ir até tão longe.

Não tenho tido vontade nem de mover uma palha e estou ficando horrivelmente impaciente e briguenta.

Choro à toa e choro quase o tempo todo.

Claro que não quando John ou outra pessoa está por perto, mas quando estou sozinha.

E ultimamente tenho ficado muito tempo sozinha. John toda hora precisa ficar na cidade por causa dos casos mais graves, e Jennie é boazinha e me deixa a sós quando peço.

E então caminho pelo jardim, por aquela linda aleia, sento-me na varanda, sob a roseira, ou fico deitada ali por horas e horas.

Estou gostando cada vez mais deste quarto, exceto pelo papel de parede. Ou talvez *por causa* do papel de parede.

Ele não sai da minha cabeça!

Fico aqui deitada, nesta cama enorme – acho que ela é pregada no chão – e acompanho o padrão do desenho, por horas a fio. É como fazer ginástica, posso garantir a você. Começo, digamos, pela parte de baixo, perto daquele canto ali onde ele não foi estragado, e decido, pela milésima vez, seguir seu desenho sem sentido até chegar a alguma conclusão.

Conheço um pouco de desenho e sei que esse padrão não foi feito com base em qualquer lei de irradiação, alternância, repetição, simetria ou o que quer que seja.

Ele se repete, é claro, por ter sido aplicado em folhas, mas apenas por isso.

Olhado de apenas um ponto de vista, cada folha de papel é única, as curvas intumescidas e os floreios – uma espécie de "baixo romanesco" sofrendo de *delirium tremens* – ondeando, para cima e para baixo, em colunas isoladas, obtusas.

Mas, por outro lado, elas se conectam no sentido diagonal, e as linhas espraiadas correm em grandes ondas oblíquas de terror ótico, como se fossem algas marinhas espojando-se em plena caça.

Todo o padrão corre também no sentido horizontal, ou pelo menos assim me parece, e costumo me exaurir tentando distinguir a ordem em que ele se desenvolve nessa direção.

Eles usaram uma das emendas horizontais para aplicar um friso, o que tornou tudo ainda mais confuso.

Há um dos cantos do quarto em que o papel está quase intacto e, ali, quando a contraluz se esbate e o sol poente incide diretamente sobre ele, quase consigo perceber, afinal, um padrão de irradiação, um grotesco interminável, aglomerado em torno de um centro comum, espalhando-se em saltos cegos de idêntico frenesi.

Fico cansada de segui-los. Acho que vou tirar um cochilo.

Não sei por que motivo devo escrever isto.

Não quero fazê-lo.

Não consigo.

E sei que John o consideraria absurdo. Mas *preciso* dizer de alguma forma o que sinto e o que penso – é um alívio tão grande!

Contudo, o esforço está sendo maior do que o alívio.

Agora eu passo metade do tempo sentindo uma indolência horrível, e estou quase sempre deitada.

John diz que não posso perder as forças e me obrigou a tomar óleo de fígado de bacalhau e milhares de outros tônicos e substâncias, sem contar a cerveja, o vinho e a carne crua.

Meu querido John! Ele me ama muito e detesta me ver doente. Outro dia tentei ter com ele um diálogo honesto e racional, mostrando o quanto desejaria que me deixasse fazer uma visita a nossos primos Henry e Julia.

Mas ele respondeu que não podia ir e que tampouco aguentaria quando eu estivesse lá. E eu não fui capaz de defender meu ponto de vista, porque mal comecei a falar e já caí no choro.

Concatenar as ideias está se tornando algo difícil para mim. É por causa do problema nervoso, acho.

E meu querido John me tomou nos braços e simplesmente me levou escada acima e me colocou na cama. Depois, sentou-se ao meu lado e leu para mim até eu ficar com a cabeça cansada.

John disse que eu era sua querida, seu conforto e tudo o que ele tinha de mais caro, e que por causa dele eu devia me cuidar e ficar boa.

Segundo John, só eu mesma posso me ajudar. Devo usar toda minha força de vontade e autocontrole e não deixar que fantasias tolas tomem conta de mim.

Tenho um consolo, o bebê está saudável e contente e não precisa ficar aqui no quarto de criança com esse horrível papel de parede.

Se nós não estivéssemos ocupando este quarto, quem estaria aqui seria o bebê! Que sorte tivemos! Por nada no mundo eu deixaria que um filho meu, uma pobre criança impressionável, dormisse em um quarto como este.

Nunca tinha pensado nisso antes, mas foi sorte que John tenha me botado aqui. Eu posso suportar muito melhor do que um bebê suportaria, sabe?

Claro que não falei mais no assunto com eles – sou esperta –, mas estou vigiando, do mesmo jeito.

Há coisas a respeito desse papel de parede que ninguém sabe, nem nunca saberá.

Por trás do padrão principal, as formas tênues tornam-se mais claras a cada dia.

E é sempre a mesma forma, apenas multiplicada.

É como uma mulher esgueirando-se agachada por trás do padrão principal. Não gosto nem um pouco disso. Fico pensando se... estou começando a achar que... eu gostaria que John me tirasse daqui!

É tão difícil conversar com John sobre o que está acontecendo, porque ele é tão ponderado e me ama tanto.

Ontem à noite eu tentei.

Era noite de lua. A lua caminha por todo o quarto, da mesma forma que o sol.

Às vezes eu detesto esse caminhar, tão lento, sempre entrando por cada uma das janelas.

John estava adormecido e eu não queria acordá-lo, por isso fiquei imóvel, observando a luz da lua naquele papel de parede ondulante, até que comecei a sentir um arrepio.

A figura espectral parecia sacudir o desenho do papel, como se tentasse sair.

Ergui-me devagar e fui até a parede para ver, e sentir, se o papel estava *mesmo* se movendo. E, quando voltei, John estava acordado.

"O que foi, menininha?", perguntou. "Você não devia ficar andando por aí assim. Vai ficar com frio."

Achei que era um bom momento para falar e disse-lhe que realmente não estava melhorando nada neste lugar e que queria que ele me levasse embora daqui.

"Mas, meu bem...", retrucou, "nosso aluguel acaba dentro de três semanas. Não vejo como ir embora antes... A reforma lá em casa ainda não terminou e não tenho condições de sair da cidade agora. Claro que se você estivesse correndo algum perigo, eu poderia fazer, e faria isso, mas você está melhor, querida, mesmo que não perceba. Eu sou médico, meu bem, e sei. Você está ficando mais corada e ganhou peso, seu apetite melhorou, e estou realmente mais tranquilo em relação ao seu estado."

"Não engordei nem um grama", falei, "e meu apetite pode estar melhor à noite, quando você está por perto, mas de manhã, quando você não está aqui, ele está péssimo!"

"Pobrezinha", disse John, me dando um abraço, "ela cismou que está doente e pronto! Mas agora vamos aproveitar esta noite de luar e dormir. Falaremos sobre isso amanhã!"

"E você não vai mesmo sair daqui?", perguntei, com amargor na voz.

"Como sair daqui, querida? São só três semanas e então faremos uma breve viagem, enquanto Jennie põe ordem na casa. Pode acreditar: você está melhor!"

"Fisicamente, talvez...", comecei, mas sustei a frase, porque ele se sentou na cama e me olhou com um olhar tão duro, de tal reprovação, que preferi não dizer mais nada.

"Querida, eu lhe peço: por mim, por nosso filho e por você mesma, nunca, nem por um instante, deixe uma ideia como essa penetrar a sua mente! Não há nada mais perigoso e mais fascinante para um temperamento como o seu. Isso não passa de uma fantasia tola, falsa. Você não confia em mim, que estou lhe dizendo isso na qualidade de médico?"

E, assim, é claro que eu não falei mais nada e logo fomos dormir. Ele pensou que eu tinha adormecido primeiro, mas eu estava acordada e assim fiquei durante horas, tentando entender se o padrão principal e o desenho por trás dele se moviam juntos, ou se o faziam separadamente.

*

Em um padrão como esse, à luz do dia, há uma falta de sequência, um desafio à lógica que é razão de constante irritação para a mente normal.

A cor já é por demais hedionda, escorregadia, irritante, mas o padrão é torturante.

Quando você pensa que conseguiu decifrá-lo, e se põe a acompanhá-lo, de repente ele dá um salto para trás e lá está você. Ele lhe dá na cara, joga você no chão e passa por cima. É como um pesadelo.

O padrão externo é um arabesco florido, que faz lembrar um fungo. Se você conseguir pensar em um punhado de cogumelos, em uma interminável sequência de cogumelos, rebentando e brotando em um emaranhado sem fim – bem, então você terá algo parecido.

Quero dizer, às vezes!

Porque se há uma peculiaridade a respeito desse papel, algo que ninguém parece notar, a não ser eu, é a de que ele se transforma à medida que a luz se modifica.

Quando o sol brilha, através da janela, do lado leste – sempre fico à espera daquele primeiro raio, longo e reto –, ele muda tão rapidamente que eu nem posso acreditar.

É por isso que não paro de observá-lo.

Sob a luz da lua – a lua banha o quarto a noite toda quando há luar –, eu não diria que é o mesmo papel.

À noite, sob qualquer iluminação, no crepúsculo, à luz de velas, à luz das lâmpadas ou, pior, quando há luar, ele se transforma em grades! O padrão externo, quero dizer, e a mulher por trás dele surge com toda a clareza.

Durante muito tempo, não me dei conta do que era aquela coisa em segundo plano, aquele outro desenho meio desbotado, mas hoje tenho certeza de que é uma mulher.

À luz do dia ela está dominada, quieta. Acho que é o padrão que a mantém assim imóvel. É tão intrigante. Fico parada por horas e horas.

Passo a maior parte do tempo deitada agora. John diz que isso é bom para mim e manda que eu durma o mais possível.

Ele agora criou o hábito de mandar eu me deitar por uma hora depois de cada refeição. Estou convencida de que é um mau hábito, porque, sabe, eu não consigo dormir. E isso cultiva a mentira, porque eu não conto para eles que fico acordada – ah, isso não! A verdade é que estou ficando com um pouco de medo de John. Ele parece estranho às vezes, e até mesmo Jennie tem um olhar inexplicável. Às vezes fico pensando, assim, como uma hipótese científica – que talvez seja por causa do papel!

Já observei John em momentos em que ele não sabia que eu estava olhando, vi-o entrando no quarto de repente com a desculpa mais inocente. E flagrei-o muitas vezes *olhando para o papel*! E Jennie também. Uma vez, peguei Jennie passando a mão na parede.

Ela não sabia que eu estava no quarto e quando perguntei, com uma voz calma, calmíssima, com o tom mais sereno possível, o que ela estava fazendo com o papel... ela se virou como se tivesse sido flagrada roubando, e pareceu zangada... e perguntou por que eu a assustava daquela maneira!

E então falou que o papel de parede manchava tudo o que encostava nele, que tinha encontrado manchas amarelas em minhas roupas e nas de John, e que ela gostaria que fôssemos mais cuidadosos.

Não soa inocente? Mas eu sei muito bem que ela estava estudando o desenho, e estou empenhada em evitar que outros, além de mim, o decifrem!

*

Hoje a vida é muito mais emocionante do que era antes. Sabe, agora eu tenho mais coisas pelas quais ansiar, pelas quais esperar e observar. E tenho mesmo me alimentado melhor e estou muito mais tranquila agora.

John está tão contente de ver meu progresso! Ele deu uma risadinha outro dia, dizendo que eu parecia estar desabrochando, apesar do meu papel de parede.

Mudei de assunto com uma gargalhada. Não tinha a menor intenção de revelar a ele que estou melhor *por causa* do papel de parede – ele ia rir de mim. Ele poderia até mesmo querer me levar embora.

Não quero ir embora antes de descobrir tudo. Tenho mais uma semana pela frente e acho que será suficiente.

*

Estou me sentindo tão melhor! Quase não durmo à noite, porque é tão interessante ficar observando como as coisas se desenrolam. Mas durante o dia durmo bastante. Durante o dia, sinto cansaço e perplexidade.

Há sempre novos rebentos nos fungos, assim como novas sombras amareladas sobre eles. Não consigo contá-los, embora tenha tentado com afinco.

É do amarelo mais estranho esse papel de parede! Fico pensando em todas as coisas amarelas que já vi – não objetos bonitos como potes de manteiga, mas coisas velhas, sujas, ruins.

Contudo, há algo a mais nesse papel – que é o cheiro! Notei no momento em que adentramos o quarto, mas com tanto ar e sol não chegava a ser ruim. Agora que tivemos uma semana de nevoeiro e chuva, estejam as janelas abertas ou não, o cheiro se faz sentir.

E vai tomando toda a casa.

Paira sobre a sala de jantar, esquiva-se pela sala de visitas, esconde-se no hall e fica à minha espera nas escadas.

Agarra-se aos meus cabelos.

Mesmo quando saio para passear, se viro a cabeça de repente para surpreendê-lo, lá está – aquele cheiro!

E é um odor tão peculiar. Já levei horas tentando analisá-lo, procurando descobrir com o que ele se parece.

Não é um cheiro ruim, a princípio. É muito suave, mas é o cheiro mais sutil e mais durável que já senti.

Neste tempo úmido, ele se torna horrível, e costumo acordar à noite com ele debruçado sobre mim.

No início, ele me perturbava. Pensei seriamente em botar fogo na casa – para chegar ao cheiro.

Mas agora me acostumei com ele. A única coisa que consigo pensar é que esse cheiro é semelhante à *cor* do papel! Um cheiro amarelo.

Há uma marca esquisita nessa parede, bem ali embaixo, perto do rodapé. É uma linha que contorna todo o quarto. Corre por trás de cada peça do mobiliário, exceto a cama, e é longa, reta, mesmo um pouco borrada, como se tivesse sido apagada várias e várias vezes.

Fico me perguntando como foi riscada, quem a terá feito e para quê. À volta de todo o quarto, rodando, rodando – ela me deixa tonta!

*

Finalmente fiz uma descoberta.

De tanto observar à noite, quando há tantas transformações, acabei descobrindo.

O padrão da frente *de fato* se move – e não podia ser diferente. Porque a mulher por trás é quem o sacode!

Às vezes tenho a impressão de que ali atrás há várias mulheres, às vezes acho que é uma só, e ela se esgueira com rapidez de um lado a outro e esse esgueirar-se faz sacudir o desenho.

E então, nos pontos mais iluminados ela fica quieta, enquanto, nas regiões de sombra, agarra as grades e sacode-as com toda a força.

O tempo todo ela está tentando atravessar. Mas ninguém conseguiria atravessar as barras do desenho, que são tão apertadas. Acho que é por isso que são tantas as cabeças.

Elas atravessam, e então o desenho as estrangula e as vira de cabeça para baixo, deixando à mostra o branco de seus olhos.

Se as cabeças pudessem ser cobertas, ou mesmo arrancadas, não seria tão ruim quanto é.

*

Acho que, durante o dia, a mulher consegue sair!

E vou lhe contar o porquê – cá entre nós: eu a vi!

Consigo vê-la do lado de fora de cada uma das minhas janelas.

É a mesma mulher, sei muito bem, porque está sempre agachada, e a maioria das mulheres não anda assim se esgueirando à luz do dia.

Eu a vejo naquela estrada comprida sob as árvores, rastejando e, quando passa uma carruagem, ela se esconde sob as trepadeiras de amoras silvestres.

Não a culpo. Deve ser muito humilhante ser flagrada esgueirando-se assim em pleno dia.

Sempre tranco a porta quando rastejo com o dia claro. Não posso fazê-lo à noite, porque John imediatamente suspeitaria de alguma coisa.

E John anda agora tão estranho que não quero irritá-lo. Queria tanto que ele se mudasse para outro quarto! Além disso, não quero que ninguém, a não ser eu mesma, deixe a mulher sair à noite.

Às vezes me pergunto se seria capaz de vê-la através de todas as janelas ao mesmo tempo.

Mas, por mais que me vire depressa, só consigo vê-la através de uma janela de cada vez.

E, embora a veja sempre, ela *talvez* consiga rastejar mais rápido do que eu sou capaz de me virar.

Eu a tenho observado lá fora, nos campos, esgueirando-se tão rápido quanto a sombra de uma nuvem levada pelo vento.

*

Se ao menos o padrão superior pudesse ser arrancado do desenho de baixo! Estou decidida a tentar fazer isso, aos poucos.

Descobri outra coisa engraçada, mas não vou contar desta vez. Não se deve confiar demais nas pessoas.

Só me restam mais dois dias para arrancar o papel de parede, e acho que John está começando a notar. Não gosto do olhar dele.

Ouvi quando ele perguntou a Jennie uma série de questões profissionais a meu respeito. Ela possuía um relatório muito bom para dar.

Disse que eu durmo a maior parte do dia.

John sabe que eu não consigo dormir bem à noite, embora eu fique tão quieta!

Ele também me fez toda sorte de perguntas, fingindo ser amoroso e gentil.

Como se eu não pudesse enxergar através dele!

Mas tampouco o culpo por agir assim, estando também dormindo com um papel de parede desses há três meses.

O papel só diz respeito a mim, mas tenho certeza de que John e Jennie também são secretamente afetados por ele.

*

Viva! Hoje é o último dia, mas é o bastante. John vai passar a noite na cidade, saindo daqui só de noitinha.

Jennie queria dormir comigo – que ardilosa! Mas eu disse a ela que sem dúvida dormiria melhor se passasse a noite sozinha.

Foi inteligente da minha parte, pois na verdade não estava nem um pouco só. Assim que a lua saiu, e a pobrezinha começou a rastejar e a sacudir as grades do desenho, eu me levantei e corri para ajudá-la.

Eu puxava e ela sacudia, eu sacudia e ela puxava e, antes que o dia raiasse, tínhamos arrancado metros e metros daquele papel de parede.

Uma faixa da minha altura em torno de metade do quarto inteiro.

E quando o sol saiu, e aquele desenho horrível começou a rir de mim, eu me dispus a acabar com ele ainda hoje!

Amanhã iremos embora e já estão levando todos os móveis lá para baixo, para deixar tudo como estava originalmente.

Jennie olhou para a parede, espantada, mas eu disse, com a cara mais limpa, que tinha feito aquilo de pura raiva daquele papel pavoroso.

Ela riu e disse que teria feito o mesmo, mas que eu deveria evitar me desgastar.

Como ela se traiu nesse momento!

Mas eu estou aqui, e ninguém vai tocar neste papel de parede a não ser eu – não enquanto eu estiver viva!

Ela tentou me tirar do quarto – era tudo tão óbvio! Mas argumentei que agora ele estava silencioso, vazio e limpo, e que eu poderia tornar a me deitar e dormir à vontade. E ordenei que não me chamasse nem para jantar – deixasse que eu a chamaria quando acordasse.

E ela se foi, e os empregados também se foram, e todas as coisas se foram, e só restou a grande cabeceira da cama, presa no chão, com o colchão de lona que encontramos ao chegar.

Vamos dormir no andar de baixo esta noite, e amanhã tomaremos o barco para casa.

Gosto do quarto, agora que ele está novamente nu.

Como aquelas crianças destruíram tudo por aqui!

Essa cabeceira parece ter sido mastigada!

Mas preciso voltar ao trabalho.

Tranquei a porta e joguei a chave lá embaixo, no pátio da frente.

Não quero sair daqui, nem quero que ninguém entre, até que John chegue.

Quero surpreendê-lo.

Tenho aqui comigo uma corda que nem mesmo Jennie descobriu. Se aquela mulher conseguir se libertar, e se tentar fugir daqui, posso amarrá-la!

Mas esqueci que não consigo alcançar nada se não tiver algum objeto sobre o qual me pôr de pé.

E a cama é presa no chão!

Tentei erguê-la e empurrá-la, até me arrebentar, e então fiquei tão furiosa que arranquei a dentadas uma lasca de um dos cantos – mas machuquei os dentes.

Então, de pé, arranquei todo o papel de parede até onde minha mão alcança. Ele é grudado e vejo como o desenho se diverte com isso! Todas as cabeças estranguladas e aqueles olhos esbugalhados e todos os fungos que brotam e serpenteiam estão gargalhando de escárnio!

Minha raiva cresce tanto que estou a ponto de cometer um ato de desespero. Pular da janela seria um exercício espetacular, mas as grades são muito firmes, não adianta tentar.

Além disso, eu não o faria. Claro que não. Sei muito bem que um passo desses é algo impróprio e poderia ser mal interpretado.

Não gosto nem mesmo de *olhar* pela janela – são tantas mulheres rastejando, e rastejando depressa.

Fico me perguntando: será que todas elas escaparam de trás do papel de parede, assim como eu?

Mas estou muito bem amarrada agora, pela corda que estava escondida – e vocês não vão conseguir que *eu* vá parar na estrada lá fora!

Acho que vou ter de voltar para dentro do desenho quando anoitecer, e isto não vai ser fácil.

É tão bom estar aqui fora, neste quarto enorme, rastejando à vontade pelo chão!

Não quero ir lá para fora. E não irei, mesmo que Jennie me peça.

Porque lá fora é preciso rastejar nos campos, onde tudo é verde e não amarelo.

Aqui eu rastejo suavemente pelo chão, e meu ombro fica na altura daquela enorme mancha em torno da parede, de maneira que eu nunca me perco.

Ai, John está batendo na porta!

Não adianta, meu caro, você não vai conseguir abrir!

E como ele grita e soca a porta!

Agora está pedindo um machado.

Seria uma vergonha arrebentar uma porta tão bonita.

"John, querido", falei, com a voz mais suave, "a chave está perto da escada da frente, debaixo de uma folha de bananeira."

Isso o deixou em silêncio por um instante.

Em seguida, ele falou – e sua voz estava muito doce. "Abra a porta, meu bem."

"Não posso", falei, "a chave está lá embaixo, perto da porta da frente, sob uma folha de bananeira!"

E repeti a mesma frase várias vezes, bem devagar e com doçura, e tantas e tantas vezes que ele acabou descendo para verificar, e claro que pegou a chave – e entrou. Parou junto à porta.

"O que é isso?", gritou. "Pelo amor de Deus, o que você está fazendo?"

Mas eu continuei rastejando assim mesmo, e olhando para ele por cima do ombro.

"Eu consegui sair finalmente", falei, "apesar de você e de Jennie. E arranquei quase todo o papel de parede. Assim, vocês não vão conseguir me botar lá dentro outra vez!"

Agora, que razão havia para o homem desmaiar? Foi o que aconteceu, e ele caiu bem no meio do meu caminho junto à parede, o que me obrigava a rastejar por cima dele a cada volta!

Sobre a tradutora

A escritora e tradutora carioca Heloisa Seixas tem mais de vinte livros publicados, incluindo romances, contos, memória e crônicas. É também autora de textos teatrais, com três musicais de sucesso e uma peça sobre a doença de Alzheimer, *O lugar escuro*, baseada em seu livro do mesmo nome.

Heloisa foi quatro vezes finalista do Prêmio Jabuti e duas vezes finalista do Prêmio São Paulo de Literatura. Alguns de seus livros são os romances *A porta* (Record, 1996), *Diário de Perséfone* (Record, 1998), *Pérolas absolutas* (Record, 2003), *O oitavo selo* (2014) e *Agora e na hora* (Companhia das Letras, 2017). Entre os livros de contos estão *Pente de Vênus* (Sulina, 1995, reeditado pela Record em 2000), *Contos mínimos* (Record, 2001) e *A noite dos olhos* (Companhia das Letras, 2019).

COLEÇÃO
Transgressor@s

Uma mulher, trancada no quarto pelo marido, que é médico, tem alucinações – e vive uma história de terror. Um escritor condenado por um amor homossexual escreve uma carta desesperada ao objeto de sua paixão. Uma jovem é obrigada a andar pelas ruas com um 'A' bordado na roupa, indicando que é adúltera. Um homem, rebelde por toda a vida, escreve a história da própria morte.

Questões como homossexualidade, adultério, desigualdade entre homens e mulheres e diferentes formas de luta contra a opressão da sociedade, tão debatidas em nossos dias, sempre permearam a grande literatura. É disso que trata a Coleção Transgressor@s, reunindo livros de autoras e autores que, tendo vivido há cem anos ou mais, trazem a marca da rebeldia.

E não apenas nos temas retratados em seus livros. As escritoras e os escritores presentes nessa coleção quebraram as regras de seu tempo. Em alguns casos, pagaram um preço alto por isso – mas nada que as/os impedisse de escrever obras-primas.

Este livro foi editado na cidade de São Sebastião do
Rio de Janeiro e impresso com a fonte Signifier,
em papel Pólen Soft 80 g/m², em setembro de 2021.